Markus Maria Saufhaus

AF236442

ER

Keiner kann sich

sicher sein

ER

Bibliografische Information der Deutschen Nationalbibliothek: Die deutsche Nationalbibliothek verzeichnet diese Publikation in der Deutschen Nationalbibliografie: detaillierte bibliografische Daten sind im Internet über dnb.dnb.de abrufbar.

Herstellung und Verlag: BoD – Books on Demand, Norderstedt

ISBN: 978-3-7519-5915-5

Handlungen, Personen, Namen und Organisationen sind frei erfunden.

Hamburg, April, Dienstag

Im Erdgeschoss eines Hamburger Mehrfamilienhauses klingelte es bei Meier. Frau Meier wunderte sich, denn sie erwartete keinen Besuch.
Von einem großen Flur aus, bestückt mit einer dekorativen Garderobe, gelangte man in alle Räume des Erdgeschosses. Wie auch im Flur waren es sehr hohe Räume, die von stuckverzierten Decken begrenzt wurden. Das Parkett auf dem Boden spiegelte die Eleganz aller Räume wider.

Seit dem Tod ihres Mannes lebte Frau Meier allein in dieser herrlichen Wohnung an der Alster. Sie hatten es gemeinsam liebevoll eingerichtet. Er war zur See gefahren. Im Winter musste sie sogar alleine auf die gemeinsam geplante Weltreise gehen. Jetzt lebte sie von der Witwenrente. Wie lange sie noch in dieser kostenintensiven Wohnung leben konnte, wusste sie nicht; vielleicht noch zwei bis drei Jahre, denn dann waren ihre Ersparnisse aufgebraucht.
Vielleicht müsste sie ihren geliebten Schmuck verkaufen, um mit dem Erlös die Wohnung etwas länger behalten zu können.

Im Salon stand ein runder Tisch mit vier passenden Stühlen, die mit italienischen Intarsien verziert waren. Das angrenzende Wohnzimmer beinhaltete keine monströsen Möbel, sondern nur eine kleine Anrichte, außerdem passend dazu zwei kleine Beistelltische

5

sowie einen Getränkewagen. Außerdem standen in diesem Raum eine üppige Zweiercouch, dazu zwei passende einzelne Sessel mit edelstem Brokatstoff bespannt. Die Küche war sehr groß, zugleich geschmackvoll mit ostfriesischen Fliesen in blau-weiß gehalten. Das Badezimmer war an den Wänden sowie auf dem Boden mit italienischem Marmor belegt. Auf halber Höhe war eine kunstvolle Bordüre aus Marmor zu sehen. Ein Spiegelschrank war eingepasst in eine Nische, die ebenfalls mit der gleichen Zierbordüre eingefasst war. Im Bad befanden sich außer einer Badewanne noch eine Toilette, ein Bidet und ein Waschbecken in einer verspielten italienischen Keramik. Das Schlafzimmer sowie das Büro waren recht nüchtern, jedoch qualitätsvoll möbliert. Überall in der Wohnung, besonders im Wohnzimmer, hingen Ölgemälde mit Seemotiven. Ebenfalls im Salon. Hier und da stand ein Artefakt aus Asien oder einem anderen Teil der Welt herum. Man sah den Objekten an, dass sie nicht billig waren. Die sehr gepflegten Kunstgegenstände ließen vermuten, dass sie wertgeschätzt wurden. Den kleinen Wohnungsflur zum Beispiel zierte eine echte Ming-Vase.

Frau Meier ging an die Sprechanlage. Es meldete sich ein Paketdienst. Sie erwartete kein Paket, aber eventuell war es ja für ihren Nachbarn aus dem ersten Stock. Der bestellte ja laufend irgendwelche Sachen. Leider war er nie da, wenn ein Paket kam. Also drückte Frau Meier auf der Sprechanlage den Türöffner-Knopf.

6

Wenige Sekunden später stand ein freundlich wirkender Mann, bekleidet wie ein Paketbote, vor der Tür, der tatsächlich für Meier ein Paket hatte. Wie es so üblich war, bat Frau Meier den Mann, etwas zu warten, da sie ihm ein Trinkgeld holen wollte.

Diesen Moment nutzte der Mann aus. Er betrat die Wohnung, folgte der Dame unbemerkt ins Wohnzimmer. Brutal ergriff er sie an beiden Armen; forderte von ihr: „Schmuck und Geld, der Safe, los!"

Frau Meier begriff den Ernst ihrer Lage sofort. Ohne sich zu weigern, lief sie an das Sideboard und gab ihm alles Geld, das sie in der Wohnung hatte.

Der mit markantem Akzent sprechende Mann forderte jetzt: „Frau, den Schmuck!"

Frau Meier erklärte ihm, der Schmuck sei im Schlafzimmer, außerdem habe sie keinen Safe.

Der Bandit fauchte: „Wo Schlafzimmer, los!" Nachdem die Frau ihm die Richtung wies, schuppste er sie rücksichtslos hinüber zum Schlafzimmer.

Dort händigte sie ihm ihren geliebten, wertvollen Schmuck aus.

Er schaute sich jedes Teil genau an, dennoch rief er ständig: „Nicht alles!"

Frau Meier beteuerte immer wieder, dass dies ihr gesamter Schmuck sei, doch der Bandit glaubte ihr nicht. Er zog sie ins Wohnzimmer auf einen Stuhl, band sie fest, knebelte sie; zugleich sprach er immer wieder von noch mehr Schmuck. Sie hatte ihm doch schon alles gegeben.

Nach ungefähr fünf Minuten ließ er von ihr ab. Sie dachte, er würde jetzt gehen, doch da hatte sie sich getäuscht. Er ging in die Küche, durchsuchte dort

7

alles. Das Gleiche machte er in Windeseile mit dem Schlafzimmer sowie dem Wohnzimmer. Auch den Salon ebenfalls das Büro vergaß er genauso wenig wie das Badezimmer und den Flurbereich.

Dann kam er zurück zu Frau Meier, zog ein Teppichmesser aus der Hosentasche und schnitt ihr den Ringfinger der linken Hand ab. Sie schrie sehr laut, aber durch den Knebel war der Schrei gedämpft. Es schmerzte sie so stark, dass sie in Ohnmacht fiel.

Später im Krankenhaus wurde sie nur noch einmal kurze Zeit wach. Sie äußerte sich dem betreuenden Arzt gegenüber. Sie erzählte ihm vom Erlebten, auch beschrieb sie ihren Peiniger, bevor sie ins Koma fiel, aus dem sie nie mehr aufwachte.

Die Ärzte kämpften noch um das Leben von Frau Meier. Sie war schon betagt, das Schockerlebnis des Überfalls war zu viel für sie gewesen.

Die Polizei tappte im Dunkeln. Ein an Meier adressiertes Paket stand im Flur. Die Masche mit dem Paketboten anzunehmen, lag für die Ermittler nahe. Warum man aber der Frau den Ringfinger abschnitt, stellte die Polizei vor ein Rätsel, das sie nicht zu lösen vermochte.

Protokoll: Raubüberfall einer alten Dame, Beute Geld und Schmuck, Frau verlor Leben wohl durch Schock

Frau Meier hatte noch eine ungefähre **Täterbeschreibung** vor ihrem Tod abgeben können: ca. 40 Jahre alt, so groß wie der Herr im ersten Stock, schwarze, ölige Haare und langer Vollbart, breite Narbe auf der Stirn, markanter Akzent

8

Flensburg, April, Dienstag

Das Haus der Mohnens, ein abgelegenes, verklinkertes Einfamilienhaus, stand prachtvoll in der aufgehenden Sonne. Das Haus war wunderhübsch von außen und von innen anzusehen, auch wenn die niedrigen Decken einem bedrückend vorkommen konnten. Einfach aber gediegen war das Haus eingerichtet. Unten befanden sich Wohnzimmer sowie Küche und ein Esszimmer, ein Duschbad und eine Gästetoilette. Im oberen Stockwerk befanden sich die Schlafzimmer und ebenfalls ein Bad.

Die Möbel waren alle aus massiven Naturholz von einer schlichten Eleganz. Liebevoll waren die vielen kleinen Fenster in beiden Stockwerken mit weißen Gardinen und blau gemusterten Übergardinen dekoriert. Auf den niedrigen Schränken, auch in der Diele, standen kunstvoll gerahmte Familienfotos. An der Wand im Flur hing eine flache Ausstellungsvitrine, in der alle Seemannsknoten mit Seilstücken nachgebildet waren. Im Esszimmer stand eine Eckbankkombination mit Kissen passend zu den Übergardinen.

Das Ehepaar Mohnen saß auf der Terrasse beim Frühstück, als ein Unbekannter um die Ecke des Hauses auf sie zukam.

„Haben Sie sich verlaufen, oder womit können wir Ihnen helfen?", fragt der Hausbesitzer.

Der Fremde zeigte ihnen einen Revolver und sagte nur: „Schmuck, Geld, Safe!"

Frau Mohnen fiel die Kaffeetasse aus der Hand.

Der Fremde packte Herrn Mohnen am Hals, wie ein Karnickel, drängte ihn ins Haus. Dort übergab ihm

9

Herr Mohnen alles was im Safe war. Anschließend wurde er mit dem Revolverknauf niedergeschlagen.

Der Mann eilte zurück zur Terrasse. Er ergriff die zitternde, unter Schock stehende Frau. Er befahl ihr, ins Haus zu gehen. Sie wurde von dem Fremden die Treppe hoch in den ersten Stock gedrängt. Dort wiederholte er seine Forderungen nach Geld und Schmuck.

Sie kramte im Schlafzimmer ihre Schmuckschatulle hervor, bevor sie der Eindringling ins Bad schleppte. Dort hatte sie nur Modeschmuck, den sie dem Mann auch noch übergab. Zwischendurch dachte sie an ihren Mann. Ja sogar vorwurfsvoll dachte sie: Warum hilft er mir nicht? Inmitten ihres Gedankens wurde sie zusammengeschlagen.

Als sie später im Krankenhaus aufwachte, fehlte ihr der Ringfinger der linken Hand.

Die aufmerksame Nachbarin konnte von ihrem Küchenfenster aus auf die Terrasse der Mohnens schauen. Um die Mittagszeit hatte sie festgestellt, dass dort das gesamte Frühstücksgeschirr noch auf dem Tisch stand, was ihr mehr als merkwürdig vorkam. Sie ging hinüber. Laut rief sie an der Terrassentür nach den Nachbarn. Da sich niemand meldete, ging sie zuerst zur Garage, um nachzusehen, ob das Auto dastand. Es hätte ja auch ein Notfall sein können und der eine hätte den anderen ins Krankenhaus gefahren. Das Auto stand aber in der Garage, also ging sie zurück ins Haus. Zuerst fand sie Herrn Mohnen und griff sofort zum Telefon. Sie alarmierte die Polizei sowie den Rettungsdienst. Erst dann ging sie nach oben.

10

In den Schlafzimmern sowie im Gästesimmer fand sie die Nachbarin nicht. Alles war durchwühlt. Das Bad war von außen abgeschlossen, jedoch steckte der Schlüssel. Sie schloss auf. Sie fand die Nachbarin ohnmächtig vor. Die Wiederbelebungsversuche gelangen nicht. So rannte sie nach unten, um das Telefon zu erreichen. Wiederholt rief sie die Rettung an.

„Sie haben doch vor fünf Minuten schon einmal angerufen", sagte der Diensthabende. „Das stimmt. Ich wollte nur melden, dass es zwei Schwerverletzte sind."

„Ort bekannt! Wir kommen!", war die knappe Antwort.

Beide hatten schwere innere Blutungen, aber sie überlebten. Im Krankenhaus wurden die beiden nach drei Tagen vernommen. Herr Mohnen konnte sich an nichts mehr erinnern. Sogar die wunderschöne Kreuzfahrt, die sie im Winter gemacht hatten, war vergessen.

Nach den Aussagen von Frau Mohnen lautete das Protokoll: Überfall im eigenen Haus mit zwei Schwerverletzten.

Dass Frau Mohnen der Ringfinger der linken Hand entfernt wurde, stand nicht im Protokoll.

Protokoll: schwerer Raubüberfall; zwei ältere Personen schwer verletzt im Krankenhaus

Täterbeschreibung: ca. 1,75m groß, zwischen 30 und 40 Jahren, Akne-Narben im Gesicht, fast schwarze, gewellte, pomadige Haare

11

Bremen, April, Dienstag, Vormittag

Eine Großfamilie bewohnte ein schmuckes sogenanntes Bremer Haus oder auch Altbremer Haus genannt, erbaut 1935. Die Wohnungen hatten bis auf das Dachgeschoss hohe Räume. Die Großeltern im Erdgeschoss waren zu Hause. Anhand der Möblierung sah man, dass es wohlhabende Leute waren. Die Sitzgarnitur des Wohnzimmers war aus schwerem, braunem Leder. Massige Gardinen umrahmten die Fenster. Das Esszimmer war mit einem ovalen Tisch mit passenden Stühlen ausgestattet. Auf dem Tisch lag eine schwere Brokatdecke, mittig stand ein 5-strahliger Leuchter aus Silber. Auch ein Flügel war mit einem Kerzenständer aus Silber dekoriert. Die Küche, das Bad sowie alle anderen Räume waren funktional, eher moderner eingerichtet.

Der Sohn und die Schwiegertochter waren bei der Arbeit. Die jungen Leute in der Schule. Es klingelte schon um 9 Uhr morgens. Das konnte schon der Postbote sein, sagte sich der Mann und ging zur Tür.

Auf übelste Weise wurde die Tür nach innen aufgestoßen. Der alte Herr erhob seine Stimme „Was …?

Abrupt wurde er gestoppt, indem man ihm den Mund zuhielt und würgte. „Wo ist Geld, Safe und Schmuck?"

Der Wohnungsbesitzer deutete auf eine Tür, die vom Flur aus zu sehen war. Es war das Wohnzimmer, wo seine Frau und er morgens um diese Uhrzeit die neuesten Nachrichten im Fernsehen anschauten.

Im Wohnzimmer erschrak die Frau sehr. Sie saß zitternd im Sessel. Jetzt wurde vor ihren Augen ihr Mann zusammengeschlagen. Sie musste das mit ansehen. Sie war der Ohnmacht nahe, aber sie musste ja durchhalten. Sie war immer die Stärkere gewesen.

Der Fremde forderte: „Schmuck, Safe und Geld!"

Sie ging zum Wohnzimmerschrank, in dem der Safe versteckt war. Sie öffnete ihn. Dann übergab sie den gesamten Inhalt dem Fremden – in dem Glauben, dass jetzt alles erledigt sei.

Unnachgiebig schlug er aber auf sie ein, bis auch sie ohnmächtig war.

Als sie wieder erwachte, lag sie in ihrem eigenen Blut neben ihrem schwer verletzten Mann. Das Wohnzimmer sah aus, als wären Bluthunde hindurchgeritten.

Stunden später kam ihr Sohn von der Arbeit, jedoch das Erste, was er sagte, war: „Gut, dass die Kinder heute auf Klassenfahrt sind!" Dann band er seine Eltern los. Er versuchte, seinen Vater wiederzubeleben. Als dies nicht gelang, rief er den Rettungsarzt an. Auch informierte er die Polizei.

Der Notarzt stellte nur noch den Tod des Vaters fest.

Als dies die Mutter hörte, brach sie zusammen. Das alles war zu viel für ihr krankes Herz. Die Sanitäter sowie der Arzt konnten nicht mehr helfen.

Die Polizisten erfuhren also nie, was genau geschehen war. Der Sohn konnte nur feststellen, dass der jetzt inhaltslose Safe offenstand und das ganze Haus durchsucht worden war. Warum der alten Dame der Finger fehlte, konnte man nur so herleiten, dass man den Ehemann auf diese Weise unter Druck gesetzt hatte, den Safe zu öffnen.

Protokoll: Raubüberfall in Mehrfamilienhaus; brutale Körperverletzung mit Todesfolge an zwei Personen

Täterbeschreibung: keine
Täter unbekannt
Fingerabdrücke und ein Haar des mutmaßlichen Täters archiviert

Vorort von Bremen, April, Dienstag, Nachmittag

In einer alten Villa klingelte es. Der Garten, der das Haus umgab, sah aus wie aus Dornröschens Märchen. Ein Rosenspalier gab den Weg zur Eingangstür frei.
Nach Öffnung der Eingangstür aus Eiche mit Butzenscheiben betrat man ein riesiges Foyer.
Eine breite Eichentreppe führte in das obere Stockwerk. Im Inneren befanden sich großzügige Räumlichkeiten mit teuren Möbeln sowie diversen Artefakten. Unten waren mehrere Salons und oben im ersten Stock mehrere Schlafzimmer. Jedes Schlafzimmer verfügte über ein Bad mit dazugehöriger Badewanne zu einem bestimmten Thema. Z.B das venezianische Zimmer: Das Bett erinnerte an die Seufzerbrücke. Die Badewanne hatte die Form einer Gondel.
Zwei Zimmer erinnerten an Jugendzimmer der 1970er Jahren. In einem Zimmer waren Bravo-Poster an der Wand, ein Schlagzeug und ein Cricket-Schläger standen in den Ecken. Auch noch andere Dinge deuteten auf ein Knabenzimmer hin. Im „Mädchenzimmer" saßen auf einem Regal diverse Barbie-Puppen.

14

Keiner öffnete auf das Klingen hin. Der Besucher ging um das Haus herum, über den Garten betrat er die Terrasse. Er vergewisserte sich, dass keine Alarmanlage die Terrassentür schützte. Mit einem Brecheisen öffnete er gekonnt die Terrassentür. Er durchsuchte das ganze Haus. Geld und Schmuck steckte er in eine vergammelte Plastiktüte, die er aus der Hosentasche zog.

Plötzlich hörte er das Geräusch des Schließmechanismus' der Eingangstür. Eine alte Dame kam gut gelaunt ins Haus mit einem Liedchen auf den Lippen. Der Ton blieb ihr im Halse stecken, als sie das Chaos sah. Auf dem Weg zum Telefon kam der zweite, weit größere Schock. Ein fremder großer Mann stand vor ihr. Er teilte ihr in gebrochenem Deutsch mit, sie solle ins Esszimmer gehen. Dort setzte sie sich wie befohlen auf einen Stuhl. Bevor er sie mit Kabelbindern am Stuhl festband, streifte er ihr jedes Schmuckstück von den Armen sowie den Händen ab. Anschließend befragte er sie nach Geld, Schmuck und einem Safe - obwohl er sich ja an Geld und an dem Schmuck, den sie trug, schon bedient hatte.

„Mein Schmuck ist im Schlafzimmer, das Geld ist hier in der Dose, die sie schon gefunden haben, und einen Safe habe ich nicht.

Brutal schlug der Einbrecher der Frau mit einem Schlagring ins Gesicht. Sie weinte und beteuerte immer wieder, dass sie keinen Safe habe. Das Gesicht brannte, doch immer wieder schlug der Brutalo zu. Die Dame wurde ohnmächtig. Als sie erwachte, glaubte sie zuerst an einen schlechten Traum. Aber

15

das Chaos um sie herum holte sie in die Wirklichkeit zurück.

Sie schaute in eine Blutlache links von sich. Jetzt erst bemerkte sie, dass sie es war, die geblutet hatte. Schmerzen hatte sie keine im linken Arm, aber ihr fehlte der Ringfinger an der linken Hand. Fast fiel sie in Ohnmacht. Ihr erster Gedanke drehte sich um ihre Befreiung; ihr zweiter um die herrliche, erst kürzlich unternommene, Reise zu den schönsten Orten der Welt.

Erst am nächsten Morgen um 9 Uhr würde die Zugehfrau kommen. Ihre Kinder wohnten weit weg. An das Telefon konnte sie nicht. Die Nachbarn konnten sie nicht hören. Ausweglos! Sie musste durchhalten bis am nächsten Morgen um neun Uhr.

Ihr ganzes Leben ging ihr durch den Kopf. Sie musste jetzt zugeben, dass ihre Kinder wohl recht hatten, als sie ihr geraten hatten, in ein Haus für altersgerechtes Wohnen umzuziehen. Dort wäre das vermutlich nicht geschehen. Auf alle Fälle hätte man sie früher gefunden.

Endlich brach der nächste Tag an. Pünktlich und neun Uhr kam Sybilla, die Zugehfrau. Als sie die Unordnung sah, kam sie schimpfend ins Wohnzimmer. Vor Schreck blieb sie starr in der Tür stehen. Wortlos ging sie zu der Dame. Sie schaute sich die Situation an. Dann eilte sie in die Küche und kam mit einer Haushaltsschere zurück. Sie trennte die Kabelbinder auf. Dann meinte sie kurz: „Ich hole jetzt die Rettung sowie die Polizei!"

Ein Rettungswagen und die Polizei waren fast zeitgleich vor Ort. Die Dame konnte der Polizei nur noch

16

mitteilen, dass es ein Mann mit Akzent gewesen sei, der sie am Vortag gegen fünfzehn Uhr überfallen habe. Man brachte sie inklusive des abgeschnittenen Fingers ins nahegelegene Krankenhaus. Der Finger konnte nicht mehr gerettet werden. Man behielt die Dame zur Beobachtung noch einen Tag in der Klinik. Am nächsten Tag wurde sie von Sybilla in ihr wieder aufgeräumtes Haus gebracht.

Am Nachmittag kam noch einmal die Polizei zu einer Befragung. Sie erzählte den Beamten genau, was geschehen war, doch keiner konnte ihr sagen, warum man ihr den Ringfinger der linken Hand abgeschnitten hatte. Den Brillantring sowie den anderen Schmuck, den sie am Körper trug, hatte der Einbrecher direkt von ihr verlangt. Warum also noch den Finger abschneiden? Sie kramte für die Beamten die Fotos sowie die Expertisen für den Schmuck heraus. Ebenfalls teilte sie ihnen mit, wieviel Bargeld entwendet wurde. Nachdem sich die Beamten verabschiedet hatten, ging sie den Gang nach Canossa. Sie rief ihre Kinder an. Ja, sie konnte sich vorstellen, welche Vorwürfe jetzt kamen. Um jeder Diskussion aus dem Weg zu gehen, teilte sie ihren Kindern mit, dass sie recht hätten. Sie mochten doch bitte kommen, um ein altenbetreutes Haus für sie zu suchen.

Protokoll: Raubüberfall einer alten Dame, nach einem Tag Krankenhaus wieder entlassen. Abgetrennter Ringfinger konnte nicht wieder angenäht werden.

17

Täterbeschreibung: ca. 30 Jahre alt, glatt gegelte, schwarze Haare, getrimmter Bart, Größe ca. 180 cm, Brille mit schwarzem, breitem Gestell

Rostock, April, Dienstag, Nachmittag

Das renovierte Mehrfamilienhaus aus den 50er Jahren sollte Schauplatz eines Gewaltverbrechens werden. Jedoch waren die Gesuchten nicht zu Hause.

Der Flur mit einem alten, gedrechselten, braun gestrichenen Treppen-Geländer war ordentlich. Die Wohnung war zwar nicht mit Billig-Möbeln ausgestattet; aber auch nicht luxuriös. Im Flur der Wohnung fand sich noch eine Garderobe aus DDR-Beständen. Weiterhin bestand die Wohnung aus einer Küche, dem Wohnzimmer, einem Bad sowie einem Schlafzimmer. Alle Möbel waren schon in die Jahre gekommen, nur die Coach-Landschaft und der Fernseher waren neueren Datums.

Man klingelte bei Pankow. Der Paketbote verschaffte sich Zugang zum Haus, brach in die Wohnung ein. Er durchwühlte alles, fand jedoch nichts.

Im Flur gegenüber fragte er eine Nachbarin: "Wo sind Pankow?"

Die Frau antwortete ihm ohne Misstrauen: „Im Sommer sind die Pankows' in ihrer Datsche."

„Wo ist Datsche?"

„Etwa 20 km entfernt in der Anlage Grüner Baum Nr.20. Wollen Sie die Telefonnummer haben?", bot die Nachbarin bereitwillig an.

„Nein, danke, die habe ich."

Also fuhr der Paketbote zur Datsche. Nachdem er sich durchgefragt hatte, ging er einfach auf das Grundstück Nr. 20. Dort wurde er vom Eigentümer angesprochen. Dieser bekam keine Antwort, sondern wurde mit seinem eigenen Spaten brutal auf den Kopf

19

geschlagen. Sogleich brach Herr Pankow blutend zusammen.

Zielstrebig ging der Fremde danach in Richtung Datsche, welche ärmlich eingerichtet war. Er sah auf der Terrasse eine Frau sitzen. Behände kletterte er über das Geländer. Bevor die Frau etwas sagen oder sogar schreien konnte, würgte er sie und fragte nach Geld und Schmuck. Dann ließ er sie los. Als sie wieder Luft bekam, rief sie nach ihrem Ehemann Günther, doch dieser konnte sie ja nicht hören. Jetzt wurde ihr der Mund wieder zugehalten, der Kopf wurde ihr leicht verdreht.

„Keine Töne", kam die Order.

Sie deutete auf den Schrank. Er ließ sie los und mehr wankend als gehend erreichte sie den Schrank. Sie öffnete ihn und gab ihm, was er wollte.

Immer wieder hatte sie ihrem Günther gesagt, er soll doch bei der Bank ein Schließfach nehmen, aber er meinte nur: „Für den wenigen Schmuck lohnt sich das nicht." Es waren goldene Ringe, Erbstücke ihrer Mutter. Einer sogar mit einem großen Brillanten besetzt, den sie zuletzt auf ihrer großen Schiffsreise getragen hatte. Ihr waren die Schmuckstücke wichtig.

Geld hatten sie immer relativ viel in der Datsche, da es ja in der Nähe keinen Geldautomaten gab.

Frau Pankow kramte alles heraus, was sie hatte. Der Verbrecher nahm den Schmuck sowie das Geld. Anschließend packte er sie. Sie schüttelnd forderte er weiterhin: „Schmuck und Safe!"

Aber sie hatte ihm ja schon alles gegeben. Mehrfach wiederholte sie das, aber der Verbrecher ließ ihr keine Ruhe. Er schlug sie schrecklich - nicht nur ins Gesicht.

20

Als sie schon blutend am Boden lag, trat er sie heftig in den Unterbauch – so lange, bis sie ohnmächtig wurde.

Dann lief er in den Garten und schaute nach Günther. Der war im Begriff aufzustehen. Zum zweiten Mal wurde er mit dem Spaten niedergeschlagen. Dann ging der Verbrecher wieder ins Haus, durchsuchte alle Räume, kam dann zurück, um der Frau den Ringfinger der linken Hand abzuschneiden.

Als Günther zu sich kam, alarmierte er die Polizei. Da auch bei ihnen die Rettung automatisch bei Überfällen gerufen wurde, waren beide fast gleichzeitig auf dem Grundstück. Die Verletzten kamen ins nahegelegene Krankenhaus. Die Polizisten untersuchten das Haus auf Fingerabdrücke und andere Indizien.

Protokoll: Überfall in Datsche, Anlage: Grüner Baum Nr.20, zwei Verletzte sind im Krankenhaus, Konnten nach 4 Tagen entlassen werden.

Täterbeschreibung: so groß wie der Hausherr, nämlich 173 cm, ca. 25 Jahre, extrem schlank, schwarze, lockige, gegelte Haare, kleine Tätowierung im oberen Bereich der linken Wange, fast unterm Auge, Kleidung: T-Shirt mit Kapuze (Hoodie)

Flensburg, April, Dienstag, Nachmittag

Über ihrer Flensburger Gaststätte wohnten die Eigentümer gemütlich und friedlich. Gediegene, altdeutsche Möbel, aufeinander abgestimmt, sorgten für ein wohliges Ambiente. Auf den Schränkchen sowie den Beistelltischen lagen kunstvoll gehäkelte, kleine Decken. Die Couch war eine bequeme, moderne Wohnlandschaft, der Fernseher war etwas überdimensioniert. Die Küche war mit allen Elektrogeräten ausgestattet, die sich das Herz einer Hausfrau wünschte. Das Ess- und das Wohnzimmer waren durch einen Rundbogen voneinander getrennt, zur Küche gab es über einem Buffet eine Durchreiche.

Doch am heutigen Tag geschah etwas, das die Eigentümer nie vergessen würden. Gegen fünfzehn Uhr; sie hatten ihre Gaststätte gerade geöffnet, betrat ein grimmig aussehender Mann den Gastraum ihres Restaurants. Er bestellte eine Limonade. Als die Inhaberin die Limonade in einem Glas servierte, zerschlug der Gast das Glas und bedrohte sie mit einer Glasscherbe am Hals.

Der Wirt hinter dem Tresen begriff den Ernst der Situation sofort. Er redete mit ruhiger Stimme auf den offenbar gestörten Mann ein. Kein anderer Gast war im dem mit einfachen Holzmöbeln ausgestatteten Raum. Um diese Zeit kamen normalerweise noch keine Gäste.

An den Mann gerichtet sagte der Gauner nur: "Geld, Safe, Schmuck!"

Mit der Scherbe am Hals der Inhaberin befahl er, die Eingangstür abzuschließen. Er hatte sie wohl

22

ausspioniert, da er wusste, wo sich die Privaträume befanden, und forderte sie nun auf, dorthin zu gehen. Sie taten alles, was der Mann sagte, was sollten sie auch machen?

In der Wohnung angekommen band er beide auf Stühlen fest. Danach durchwühlte er die gesamte Wohnung in Windeseile. Er kam zurück; schlug den Mann vor den Augen seiner Frau. Er wiederholt seine Forderung: „Safe wo? Öffnen!"

Der Besitzer des Hauses erklärte, dass der Safe in der Wand des Schlafzimmers sei. Geknebelt und vor Schmerzen gebeugt ging der Mann vor dem Angreifer in das schon durchsuchte Schlafzimmer. Er öffnete den Safe. Die gefesselte Frau im Esszimmer vernahm dumpfe Schläge. Bevor der Verbrecher alleine zu ihr zurückkam, hatte er zwar den Inhalt des Safes in der Hand, jedoch ihr Mann kam nicht mit. Sie ging davon aus, dass er zusammengeschlagen im Schlafzimmer lag.

Irgendwann wurde sie von einem Sanitäter geweckt. „Wo ist mein Mann?", fragte sie.

Ein Herr im Anzug stellte sich vor als Kommissar und versuchte ihr vorsichtig beizubringen, dass ihr Mann den Überfall nicht überlebt hatte.

Der Sanitäter drängte den Kommissar mit den Worten: „Wir müssen dringend los."

Erst jetzt merkte die Frau, dass es um sie selbst ging. Sie sah eine Blutlache, realisierte, dass diese wohl von ihr kam. Verzögert bemerkte sie, dass ihr ein Finger fehlt. Sie wurde ohnmächtig. Im Krankenhaus konnte man den Finger annähen, aber er würde den Rest ihres Lebens steif bleiben. Sie stand unter Schock und bekam kaum etwas von den Vorgängen um sie herum mit.

Fünf Tage später kam die Polizei in ihr Restaurant das genau wie die Wohnung jetzt wieder freigegeben war. Es ging ihr etwas besser. Sie wollte von den Polizisten wissen, wer sie denn informiert habe. „Ein unnachgiebiger Herr Sonderweg, der wohl hier Stammgast ist, hatte uns informiert, dass hier irgendetwas nicht stimmte. Deshalb haben wir die Tür gegen sechszehn Uhr aufgebrochen. Den Rest kannte Sie ja.

Sie war Herrn Sonderweg, der normalerweise täglich um 17 Uhr kam, dankbar, dass er die Polizei informiert hatte. Aber ihren Mann konnte ihr keiner zurückgeben. Gut, dass sie im Winter gemeinsam die große Seereise gemacht hatten.

Protokoll: Überfall, eine Person tot (Herzversagen), eine Verletzte

Täterbeschreibung: fast 190 cm groß, ca. 30 Jahre alt, eierförmiger Kopf, schwarzer Bart, glatte, fette, glänzende Haare

Fingerabdrücke und DNA-Spuren gesichert, jedoch Täter unbekannt

24

Warnemünde, April, Dienstag

Früh am Morgen klingelte es an der Tür von Frau Schmidt, einer zierlichen, sehr kleinen 70-jährigen Frau.

Sie lebte in einem Mehrfamilienhaus im Hochparterre. Es war ein altes, aber gepflegtes Haus. Sie und ihr verstorbener Mann hatten nicht viel Geld gehabt. Ab und zu gaben sie etwas den Kindern. Zu DDR-Zeiten konnten sie ja nichts kaufen. Aus diesem Grund konnten sie ihr bisschen Erspartes wenigsten nach der Wende gut umtauschen.

Sie ging zur Sprechanlage, fragte, wer denn da sei. Ein Blumenbote meldete sich. Wer sollte ihr wohl Blumen senden?. Natürlich freute sie sich und betätigte den Türöffner.

Sie stand schon in der Tür, als der Bote mit einem riesigen Strauß zu ihrer Tür kam. Wie es üblich war, wollte sie schnell noch ein Trinkgeld holen. Sie bat ihn, einen Moment zu warten.

Er wartete nicht, sondern stand plötzlich hinter ihr, als sie das Geld aus einer Kiste im Wohnzimmerschrank holte. Er entriss ihr die Schachtel brutal. Anschließend schrie er zwei Worte: „Safe, Schmuck"!

Verängstigt antwortet sie: „Schmuck ist im Schlafzimmer Der Safe auch."

Auf übelste Weise ergriff der Mann die Frau im Genick wie man einen Stallhasen packte und ging mit ihr durch den Flur, am Bad vorbei in das Schlafzimmer. Nachdem die Frau dem Dieb den für sie wertvollen Schmuck überlassen und den Safe geöffnet hatte, welcher viel Bargeld als auch die wichtigsten Papiere enthielt, schleppte er sie in das Wohnzimmer. Er drückte sie in den Fernsehsessel, forderte sie auf, den Schmuck, den sie noch am Körper trug, auszuziehen. Danach band er ihr das rechte Handgelenk mit dem rechten Oberschenkel zusammen. Genauso verfuhr er auch mit dem linken Arm. Zum Abschluss schlug er sie äußerst schmerzhaft zusammen. Nach dem Gewaltexzess schnitt er ihr den Ringfinger an der linken Hand ab.

Nachdem der Verbrecher die Wohnung verlassen hatte, schrie sie so laut sie konnte. Zum Glück lebte sie in einem Altbau mit undichten Fenstern und Türen. Irgendjemand würde sie hören. Und so war es auch. Der junge, studierende Nachbar war zum Glück zu Hause. Wie er Frau Schmidt später erzählte, war die Tür nur angelehnt, und so konnte er ohne Komplikationen die Wohnung betreten. Nachdem er sie befreit hatte, alarmierte er die Rettung; ebenfalls die Polizei. Ungefähr zehn Minuten später waren alle da. Sie hatte keine Schmerzen im Arm, aber die Sanitäter beeilten sich, sie und ihren abgeschnittenen Finger so schnell wie möglich in ein Krankenhaus zu bringen.

Der Blumenstrauß war weg.

Die Polizisten wunderten sich schon sehr über den abgetrennten Finger, taten den Fall aber dennoch als brutalen Raubüberfall ab.

Protokoll: Raubüberfall bei einer 70-Jährigen mit Körperverletzung

Täterbeschreibung: 2 m groß, 50 Jahre alt, Gesicht vernarbt, Glatze, schwarzer, mittellanger Vollbart

26

DNA-Spuren und Fingerabdrücke sichergestellt, jedoch Täter unbekannt

Markgrafenheide bei Warnemünde, April, Dienstagmittag

Eine kleine Familienpension, nicht ausgebucht um diese Jahreszeit, wurde gegen sechszehn Uhr Schauplatz eines dreisten Überfalls. Normalerweise vermieteten sie ja nicht für eine Nacht, aber jeder Euro zählte. Die Zimmer waren teils noch alt nach DDR-Standard möbliert. Sie hatten nur zwei Familienzimmer sowie zwei Einzelzimmer.

Die Eigentümer hatten diese kleine Pension geerbt. Die Rezeption war unter der Treppe eingepasst worden. Sie waren in der Nebensaison eine Stunde an der Rezeption. Oben im Dachgeschoss hatten sie eine kleine Wohnung, in der sie wohnten. Frische Blumen ließen die Räume freundlich erscheinen.

Ein großer Mann trat ein, fragte nach einem Zimmer. Er hatte kein Gepäck außer einer billigen Sporttasche. Nachdem ihm die Besitzerin mittelte, dass sie keine Kreditkarten akzeptierten, sondern nur Bargeld, ließ sich der Mann sein Zimmer zeigen. Auf dem Weg dorthin würgte er die Frau im Flur. Sie versuchte, obwohl sie kaum Luft bekam, nach ihrem Mann zu rufen. Jedoch kam ihr nur ein leises Piepen über die Lippen.

„Geld! Schmuck!", mehr sagte der Fremde nicht und drängte sie in die Richtung der Privatwohnung.

Ihr Mann kam ihnen jetzt entgegen, erkannte die Situation und forderte: "Lassen Sie meine Frau los!"

Mit einem breiten Grinsen im Gesicht drückte der Eindringling genüsslich der Frau den Hals noch enger zu. Der Fremde wiederholte ungehalten: „Geld! Schmuck! Safe!"

28

Hilflos ging der Ehemann vorweg zur Rezeption, und freiwillig öffnete der Hausbesitzer den Safe, in dem sich alles befand, was sie besaßen. Schecks, Bargeld, Goldbarren und der Schmuck seiner Frau, auch der alte Erbschmuck. Er fesselte den Ehemann auf einem Stuhl im Frühstücksraum. Doch bevor er die Frau des Hauses auf einem Stuhl festgebunden hatte, forderte er sie auf, auch den Schmuck, den sie trug, auszuziehen. Sie glaubten, es sei jetzt ausgestanden.

Jetzt aber durchsuchte der Mann voller Zerstörungswut alle Räumlichkeiten des Hauses. Irgendetwas suchte er noch. Ob er wohl glaubte, man hätte ihm nicht alles übergeben? Der Krach der Zerstörungswut hörte abrupt auf.

Der zurückgekehrte Mann kam auf die Frau zu, grinste, öffnete seine Tasche, holte ein Messer hervor und schnitt ihr den Ringfinger an der linken Hand ab. Das Blut spritzte. Der Ehemann konnte es kaum mit ansehen, aber dennoch hielt er seine Frau an durchzuhalten. Er appellierte an sie: „Um siebzehn Uhr kommt doch unsere Tochter. Halte durch. Dann wird alles wieder gut."

„Mama, Papa, wo seid ihr, ich bin es, Thea!"

Da sie ja geknebelt waren konnten sie nicht antworten, aber da stand ihre Tochter Thea auch schon im Raum. Sie erfasste die Situation blitzschnell, rief die Rettung und die Polizei. Danach ging sie zu ihren Eltern, entfernte die Knebel und die Kabelbinder. Erst jetzt erkannte sie, dass ihrer Mutter ein Finger fehlte, und Thea fiel in Ohnmacht.

Ihre Eltern, welche ebenfalls unter Schock standen, schauten sich nur an und sagten: "Sie konnte noch nie Blut sehen."
Als Erster betrat der alte Dorfpolizist Knut die Wohnung, in der er sich offenbar gut auskannte. Einen Polizisten in der Bekanntschaft zu haben, half da auch nicht weiter. Er fragte und fragte - aber die Überfallenen konnten nicht reden. Erst als die Rettung und die Kriminalpolizisten kamen, konnte die beiden sprechen. Die Sanitäter verbanden die Hand der Frau, legten sie auf die Trage, packten den herrenlosen Finger in eine Kühlbox und transportierten alles nach Warnemünde ins Krankenhaus. Dort wunderte man sich über den Fall sehr und man teilte den Polizisten mit, dass schon am Vormittag eine Patientin eingeliefert wurde sei mit demselben Befund. Wahrscheinlich war es der gleiche Täte,r konstatierte der Arzt.

Protokoll: Raubüberfall bei zwei Personen, Körperverletzung.

Sonderbemerkung: zweiter Fall heute von Finger abschneiden!

Täterbeschreibung: 2 m groß, 50 Jahre alt, Gesicht vernarbt, Glatze, schwarzer, mittellanger Vollbart
Täter unbekannt

30

Berlin, Stadtteil, April, Dienstagmorgen

Ein typisches Berliner Haus mit Hinterhöfen. Zu dem Hauskomplex zählten vier Hinterhöfe. Die Namenschilder waren häufig unleserlich; nicht nur alt, sondern überschrieben oder dilettantisch durchgestrichen und der neue Name davor, dahinter, darüber oder darunter geschmiert. Die Innenhöfe und die Flure waren sehr ungepflegt. Im Treppenhaus roch es muffig. Das gesamte Treppenhaus war zugestellt mit Fahrrädern, Kinderwägen, Kinderfahrrädern, Traktoren oder Ähnlichem aus Plastik, Sandspielzeuge in Plastikeimern, Papierkisten, Gummistiefeln und Schuhen und zusammengeklappten Wäscheständern.

Es klingelte bei Müller. Die Müllers wohnten in einer kleinen, billigen Wohnung. Im kleinen Flur stand ein 3-farbig gestrichener Schuhschrank, worauf sich eine Schale mit Schlüsseln und ebenfalls ein Väschen mit Plastiknelke befand. Das grüne Telefon der Post stand daneben. Handys hatten sie nicht. Das Schlafzimmer war aus Schleiflack gefertigt und die Schranktüren verglast und von innen mit gelblichen Vorhängen bespannt. Die Küchen-Möbel waren zusammengetragen und passten nicht zueinander; aber wichtig war wohl die Funktion. Eine Wachstischdecke auf dem Esstisch krönte das Ensemble.

Ein Paketbote meldete sich. Herr Müller, der alleine zu Hause war, öffnete die Tür. Er hatte zwar nichts bestellt, aber seine Frau war Weltmeisterin für Online-Bestellungen. Er war es gewohnt, die Pakete entgegenzunehmen. Er konnte überhaupt nicht reagieren, als der Paketbote blitzschnell und brutal die Tür aufstieß und Geld sowie Schmuck verlangte. Auf seine Berliner Art meinte Herr Müller: „Wat globste, würd ick davon genug haben, würd ick hier nich wohnen?"

Der Eindringling verstand ihn nicht und seinen Humor sowieso nicht. Gewalttätig wurde Herr Müller auf den Boden im kleinen Flur geworfen und die Arme auf dem Rücken mit Kabelbindern zusammengebunden.

Der Einbrecher durchsuchte die kleine Wohnung, möbliert im Stil des Gelsenkirchner Barock. Er fand wahrhaftig nicht viel. Er kehrte in den Flur zurück und sagte nur das Wort „Frau'.

Herr Müller antwortete, dass sie beim Einkaufen sei.

Der vermeintliche Paketbote ging zurück in die Küche und kam erst in den Flur zurück, als er eine Frauenstimme im Flur vernahm.

„Karl, was ist passiert?" Noch bevor er etwas sagen konnte, wurde sie schon von einer kräftigen Hand erfasst und auf den Boden gezerrt. „Geld! Schmuck! Safe!"

Sie gab ihm die Ringe, die sie am Finger trug – auch ihren Ehering. „Mehr hab icke nisch". Sie glaubte, erlöst zu sein.

Zuerst band er ihr den rechten Arm am Fuß des kleinen Flur-Schränkchens fest und dann griff er zu einem Messer, schnitt ihr den Ringfinger der linken Hand ab und verließ die Wohnung.

32

Protokoll: Raubüberfall mit Körperverletzung, Beute gering, minderwertiger Schmuck

Täterbeschreibung: ca. 40 Jahre alt, 190 cm groß, nicht lesbare Tätowierungen an allen Mittelgliedern der Finger, schwarze, kurze, pomadige Haare, schwarzer, langer Bart

DNA-Spuren und Fingerabdrücke wurden sichergestellt, Täter unbekannt.

Berliner Stadtteil, April, Dienstag, 12 Uhr

Er brauchte nur einen Hinterhof zu Mertens weiterzugehen. Mertens waren ähnlich wie Müllers eingerichtet. Alt und ärmlich. Allerdings besaßen sie ein Handy, dessen Ladestation im Flur auf dem alten Schuhschrank stand. Dieser hatte renovierungsbedürftige hängende Türen.

Wieder als Paketbote beschaffte sich der Gauner Zugang zur Wohnung. Er hatte ja noch das Paket von den Müllers. Frau Mertens sowie ihr Mann saßen gerade am Mittagtisch, als es klingelte.

„Lass mal, Schatz, ich gehe zur Tür", sagte Frau Mertens und schwebte zur Tür. Wenige Sekunden später wurde sie in einen brutalen Würgegriff genommen und in die Küche gestoßen.

Herr Mertens schaute mit offenem Mund wie gelähmt zu. „Geld! Schmuck! Safe!", forderte der Mann. Eine schreckliche Stimme, von der man allein schon Gänsehaut bekam.

Der Ernst der Situation schien klar. „Da in der Kommode ist das bisschen, was wir haben. Nehmen Sie es und gehen Sie!"

„Hol!"

Herr Mertens tat, was man ihm befahl. Doch nicht genug. Frau Mertens und ihr Mann wurden brutal zusammengeschlagen, bis beide ohnmächtig waren.

Sie wurden erst wach, als ihr Freund Herr Müller vom Hinterhof 1 zu ihnen kam, um ihnen mitzuteilen, dass sie überfallen wurden und seine Frau auf dem Weg in die Klinik sei. Er durfte nicht mitfahren.

34

Er wusste, dass seine Freunde um die Mittagszeit zu Hause sein mussten. Dienstag gab es fast immer Kartoffelpuffer, und deshalb ging er normalerweise immer um diese Uhrzeit zu den Freunden, um einen Puffer abzustauben. Er klopfte, aber es öffnete niemand, obwohl es im Flur schon nach den leckeren Pfannkuchen roch.

Da sie sehr gut befreundet waren, sie waren sogar zusammen in einer vierer-Innenkabine auf Weltkreuzfahrt, hatte er auch ihren Wohnungsschlüssel am Schlüsselbund. Es stieg ein komisches Gefühl in ihm auf, als er die Tür aufschloss. Er rief noch einmal laut. Er ging geradewegs in die Küche, da es ja Mittagszeit war.

Erst jetzt sah er, dass der noch ohnmächtigen Freundin auch an der linken Hand der Ringfinger fehlte. Herr Müller informierte sofort die Rettung und auch die Polizei, die Frau wurde abtransportiert. Der abgetrennte Finger wurde in einer Kühlvorrichtung transportiert. Er konnte seinem Freund berichten, dass ihnen genau das gleiche geschehen sei.

Da dieselben Polizisten schon vorher bei Müllers waren, stand für sie fest, dass es der gleiche Täter sein musste.

Der eine Polizist meinte zu Herrn Müller: „Gut, dass sie so gerne Kartoffelpuffer essen; wer weiß, wann wir ihre Freunde gefunden hätten."

Herr Mertens und Herr Müller baten die Polizisten, doch noch in den anderen Wohnungen nachzuschauen. Die beste Uhrzeit wäre ab 18 Uhr, da wären alle anderen von der Arbeit zurück, das würde es vereinfachen.

Sie wollten jetzt zur Charité, ihre Frauen besuchen, und hofften, dass man ihnen die Finger wieder annähen konnte.

Bei Frau Mertens konnte man den Finger rekonstruieren, er blieb nicht steif.

Frau Müller hatte da weniger Glück, denn ihr Finger blieb steif.

Herr Müller tröstete sich ein bisschen damit, dass sein kleiner Schatz in der Gefriertruhe noch da war. Hier hatte er vor längerer Zeit in einem Erbsenpaket drei Krügerrand eingefroren. Natürlich war jede Münze für sich eingeschweißt. Damals hatte er zu seiner Frau gesagt: „Für schlechte Zeiten".

Protokoll: brutaler Raubüberfall mit Körperverletzung, Beute gering.

Heute schon zum zweiten Mal im gleichen Haus; alle anderen Wohnungen müssen noch überprüft werden; 4 Hinterhöfe.

Täterbeschreibung: ca. 40 Jahre alt, 190 cm groß, unleserliche Tätowierungen an allen Mittelgliedern der Finger, schwarze, kurze, pomadige Haare, schwarzer, langer Bart

Da die Täterbeschreibungen von den Eheleuten Müller und Mertens übereinstimmten, war anzunehmen, dass es sich um den gleichen Täter handelte.

DNA-Spuren und Fingerabdrücke wurden sichergestellt, jedoch Täter unbekannt.

36

Leipzig, April, Dienstag, morgens

Es war ein herrlicher Tag. Die Sonne schien, und Herr Wolters ging in den großen Garten seines kleinen Einfamilienhauses. Es war noch von seinen Großeltern. Nach der Wende hatte er es zurückbekommen. Somit waren sie fast Selbstversorger. Geld war wenig vorhanden, aber er und seine Frau waren glücklich. Die Möbel und die Küche hatten sie sich neu nach der Wende mit dem Umtauschgeld geleistet. Auch hatten sie auf einen Trabant, der ein Jahr nach der Wende kommen sollte, gespart. Jedoch vorher hatten sie das Hause renoviert. Er und seine Frau waren sich einig, dass dies die letzten Kosten das Haus betreffend sein sollten, sie wollten ja auch noch ihr Leben genießen und öfter verreisen. Sie leckten Blut auf ihrer letzten großen Reise.

Er meldete sich bei seiner Frau ab, öffnete die Hintertür zum Garten als er K.O. geschlagen wurde. Eine Person zog ihn ins Haus, als die Stimme seiner Frau ertönte: "Hast du was vergessen?"

Sie bekam keine Antwort von ihrem Mann, sondern nur eine Forderung eines Fremden zu hören: „Gib mir Geld und Schmuck - alles!"

Auf dem Weg von der Küche zum Wohnzimmer bemerkte sie, dass ihr Mann zusammengeschlagen am Boden lag. Ja der Einbrecher war ernst zu nehmen.

Sie ging an den Schrank, holte ihre Schmuckschatulle und eine Geldkassette hervor und stelle beides auf den Tisch.

„Safe", forderte der Fremde.

Sie verneinte. Adhoc wurde sie brutal ergriffen und an den Heizkörper gebunden aber nur mit dem rechten Arm. Der Fremde zog ihr den Verlobungsring und den Ehering ab und ließ ihn in seinem Beutel verschwinden.

Da hörte sie das Stöhnen ihres Mannes. Der Mann verschwand Richtung Flur. Sie hörte dumpfe Schläge und konnte sich ausmalen, was das zu bedeuten hatte.

Der Mann kam zurück und forderte, dass sie ihm sagen solle, wo der Safe sei.

„Wir haben keinen Safe!"

Nach ihrer Antwort schlug er ihr brutal ins Gesicht, sodass das Blut spritzte. Dann schnitt er ihr bei vollem Bewusstsein den Ringfinger der linken Hand ab. Sie wurde ohnmächtig.

Irgendwann erwachte sie und rief nach ihrem Mann, aber der antwortete nicht. Sie hatte schreckliche Schmerzen. Sie dachte nur daran, wie lange sie wohl hier liegen müsste, bis man sie fand. Mit den Nachbarn hatten sie keinen Kontakt, und die Kinder kamen erst im Sommer. Jo ihr Sohn würde am Sonntag wie immer anrufen. Dies waren ihre Kontakte. Sie waren sich immer selbst genug – ihr Mann und sie.

Ja sie wurden gefunden, aber viel zu spät. Beide waren an ihren Verletzungen verstorben.

Protokoll: Die Polizei stellte später fest: Raubmord mit doppelter Todesfolge.

Täterbeschreibung: keine

Die einzigen Hinweise zur Beute kam von den Kindern, denn sie wussten ungefähr, was die Eltern besaßen.

38

Man machte sich sehr viel Arbeit, DNA-Spuren und Fingerabdrücke zu finden. Man hatte Glück, konnte die Daten aber niemanden in ihrer Datei zuweisen. Man ging von einem Einzeltäter aus.

Taucha bei Leipzig, April, Dienstagmittag

Ein kleines Reihenhaus neuerer Bauart mit relativ kleinem Garten. Das Entree war einfach gehalten. Die Küche war als Erweiterung des Wohnzimmers durch ein Esszimmer getrennt. Die Einrichtung war am Zeitgeschmack der 90er Jahre orientiert. Teilweise etwas überladen nach dem Motto: „Wir können uns das leisten."

Gegen 12 Uhr klingelte es. Frau Soltau schimpfte: „Wer kommt denn jetzt zur Mittagszeit?" Ihre Klöße mit Gulasch wurden kalt. Ihr Mann Karl bekam den Hintern nicht hoch. Er aß lieber sein Lieblingsgericht. Auch an Bord des Kreuzfahrtschiffes schlug er sich mit Gulasch bis kurz vorm Platzen den Bauch voll. Also ging Frau Soltau zur Tür. Sie kam zurück in die Küche und hinter ihr kam ein großer, dunkelhaariger, junger Mann.

Karl meinte noch in einem spaßigen Ton: „Zu essen gibt es nix, das reicht gerade für mich und meine Frau."

Der Mann sagte daraufhin in gebrochenem Deutsch: „Kein Schweinefleisch, nur Geld und Schmuck, Safe!" Jetzt erst sah der Ehemann, dass auf den Rücken seiner Frau eine Pistole gerichtet war. Die Situation war also bitter ernst.

Sie hatten zwar nicht viel, aber das alles holte er aus den Schränken und übergab es dem Eindringling. Doch das war nicht genug. Vor seinen Augen wurde seine Frau zusammengeschlagen. Zuerst hatte der Eindringling sie an die Heizung gezerrt, wo ihr der

40

rechte Arm festgebunden wurde. Brutal entfernte er ihr dann den Ringfinger der linken Hand.

Herr Soltau dachte gerade noch, wie gut es doch sei, dass seine Frau ohnmächtig an der Heizung saß beziehungsweise hing, als der Einbrecher ihr den Finger abschnitt, als er selbst niedergeschlagen wurde.

Gegen 19 Uhr klopfte es an der Tür. Herr Soltau war wach. Eine Nachbarin hatte die Polizei informiert. Noch nie hatte ihre Nachbarin die Betten so lange am Fenster ausgelegt, was die Nachbarin stutzig machte.

Die Polizisten öffneten unter Mithilfe eines Schlüsseldienstes die Tür. Sie fanden nicht nur zwei Schwerverletzte, sondern auch ein Tohuwabohu vor.

Der Notarzt konnte nur noch den Tod der Frau feststellen. Die Blutverdünner, die sie täglich nehmen musste, waren letztendlich Ursache ihres Verblutens. Der Mann kam mit schweren inneren Verletzungen ins Krankenhaus.

Protokoll: Einbruch mit zwei Schwerverletzten. Frau starb wohl durch Verbluten (unter dem Einfluss von Blutverdünnern)

Täterbeschreibung: ca. 40 Jahre alt, 190 cm groß, schwarze Haare, schwarzer, mittellanger Bart. Täter unbekannt.

Altenburg bei Leipzig, April, Dienstag, abends

Müde kam er heim. Es war ein langer Tag im Museum gewesen. Viele uninteressierte Kinder. Jetzt hatte er sich aber einen geruhsamen Abend verdient. Elsa, seine Frau, wartete bestimmt schon mit dem Abendessen. Zum Glück hatte er ja nur noch ein halbes Jahr und dann war Rente angesagt.

Er schloss auf und erschnupperte schon die Hühnersuppe, die er doch so gerne mochte. Er rief nach Elsa; statt seiner Frau Elsa stand ein fremder Mann mit vorgehaltener Waffe vor ihm.

„Schmuck, Geld, Safe!", sagte der Fremde und deutete ihm an, in die Küche zu gehen.

Da saß seine geliebte Elsa, festgebunden auf einem Stuhl. Blut floss aus ihrer linken Hand, an der der Ringfinger fehlte. Der Mann bedrohte ihn immer noch mit der Waffe, und er deutete ihm an, dass im Schlafzimmer alles sei. Auf dem Weg dorthin sah er erst, welches Durcheinander in der Wohnung schon herrschte. Er ging an den Schlafzimmerschrank und wollte die Kassette herausnehmen, aber er sah, dass sie schon leer auf dem Boden lag. Er musste sich bei seiner Elsa für seine Gedanken ‚Warum hatte sie ihm nicht alles gegeben' entschuldigen – sie hatte ihm wohl doch alles gegeben. Die meisten Ersparnisse hatten sie ja für ihre drei monatige Winterreise auf dem Schiff ausgegeben.

„Safe!"

„Haben wir keinen!"

Der Verbrecher schlug den alten Mann zusammen.

42

Erst am nächsten Vormittag kamen unbekannte Leute in ihre Wohnung. Sein Chef hatte die Polizei gebeten nachzuschauen. Sein absolut zuverlässigster Mitarbeiter seit vierzig Jahren sei nicht zur Arbeit erschienen. Es musste etwas passiert sein.

Die Polizei wollte zuerst nicht reagieren, aber dann wurden sie doch durch die Hartnäckigkeit des Arbeitgebers, der ja einen direkten Draht zum Bürgermeister hatte, überzeugt.

Man fuhr zu dem Mehrfamilienhaus, befragte die Nachbarn; jedoch keiner hatte das Ehepaar seit dem Vorabend gesehen. Morgens konnte man sich auf die beiden wie auf ein Uhrwerk verlassen. Er ging immer zur gleichen Zeit zu seiner Arbeit. Sie lief täglich genau acht Uhr los, um ihre Einkäufe zu tätigen.

Man brach die Tür auf, und die Polizisten sahen schon im Flur, dass hier Einbrecher am Werk gewesen sein mussten. Elsa und ihr Mann lagen schwer verletzt in der Küche, die immer noch nach Hühnersuppe roch.

Rettungssanitäter brachten die Schwerverletzten ins Krankenhaus. Beide konnten noch gerettet werden, obwohl beide stark dehydriert waren. Der Finger von Elsa konnte leider nicht mehr gerettet werden.

Die **Polizeiakte** wurde geschlossen mit dem Vermerk: Einbruch-/Überfall mit Schwerverletzten, Täter unbekannt.

Täterbeschreibung: ca. 40 Jahre alt, 190 cm groß, schwarze, kurze, pomadige Haare, schwarzer Bart

Eine Stunde südlich von Hannover, ein abgelegener Bauernhof, Mittwochvormittag

Ein riesiges Gehöft dessen Wohnhaus 15 Meter breit und 40 Meter lang war, inklusive angegliedertem Stall, wurde durch eine Art Veranda betreten. Einladend stand vor dem Eingang eine rustikale Sitzgarnitur. Im breiten Flur fielen die beiden Garderoben links und rechts kaum auf. Es luden massive Türen zum Betreten der Wohnräume ein. Die erste Tür rechts führte zur Küche, die ganz rustikal eingerichtet war. Am Ende des Flures führte eine Treppe ins obere Stockwerk. In allen Räumen sah die massive Möblierung einfach, aber teuer aus. Im Wohnbereich links stand ein Kaminofen mit grünen Kacheln. Rechts war im zweiten Wohnzimmer außer Sitzmöbeln ein riesiger Fernseher. Ebenfalls war ein zweiter Kachelofen installiert. Geradewegs durch den Flur konnte man den Stall trockenen Fußes erreichen. Im oberen Bereich waren vier Schlafzimmer, davon zwei Jugendzimmer.

Erna, die Besitzerin des Bauernhofs, stand in der Küche an der Spüle und sah zum Fenster hinaus. Sie bemerkte etwas in ihrem Rücken und sagte: „Lass das doch, Gustav – sie wusste, dass er es war." Ihr Mann hatte ab und zu so Anwandlungen, sie zu erschrecken. Da sie keine Antwort bekam, drehte sie sich um. Sie schaute statt in die Augen ihres Mannes in einen Revolverlauf. Jetzt hörte sie ihren Mann vom morgendlichen Melken zurückkommen. Sie hatte viel zu viel Angst, um nach ihm zu rufen. Ohne Vorankündigung schlug man ihr mit dem Revolver auf den Kopf. Sie fiel

44

zu Boden. Ihr Mann betrat auf dicken Wollsocken die Küche, sah nur seine Frau am Boden liegen und wollte ihr zur Hilfe eilen. In diesem Moment bemerkt er den fremden Mann und fragt voller Erstaunen: „Was wollen Sie?"

„Geld und Schmuck, wo ist Safe?" Das war eindeutig! Zum Glück waren die Kinder an der UNI und nicht am Hof, dachte Ernas Mann. Er deutete in Richtung Wohnzimmer, und der Mann zwang ihn unter Bedrohung mit der Waffe dort hinzugehen. Er ging an den Wohnzimmerschrank, denn dort war ein Safe in der Wand verdübelt. Zu öffnen war er mit einer Zahlenkombination. Obwohl er an Händen und Füssen zitterte, fiel ihm die 9-stellige Zahlenkombination ein, und er wählt sie. Das schöne vor der Steuer versteckte Geld, die Goldbarren, ebenfalls der teure Schmuck seiner Frau waren darin. Der Mann nahm alles heraus und schlug den Bauern noch vor Ort zusammen.

Dann ging er zurück in die Küche zu Erna, die so langsam zu sich kam. Er wiederholte noch einmal seine Worte: „Geld und Schmuck!"

Nachdem sie ihm geantwortet hatte, dass alles im Safe liege, schlug er sie zum zweiten Mal zusammen.

Der Bauer wachte als Erster auf. Er kroch eher, als dass er ging in die Küche zu Erna. Er bemerkte zwar, dass alles durchsucht war, doch das war ihm gerade nicht wichtig. Seine Erna lag am Boden in einer Blutlache. Wie in Trance grabbelte er zum Telefon, das im Flur stand, rief die **110** an und verständigte Polizei und Rettung. Die Zeit war ihm noch nie so lange vorgekommen wie jetzt die Wartezeit auf den Notarzt.

Dann endlich TaTüTaTa. Erst der Sanitäter bemerkte, dass Erna ein Finger fehlte und gab dem Polizisten den Auftrag, den Finger zu suchen und in die bereitgestellte Kühlbox zu legen.

Seine Frau war gerade im Sanitätswagen davongefahren, als Stimmen im Flur ertönen: „Mama, Papa, wir sind wieder da! Stellt euch vor eben war uns ein Rettungswagen entgegengekommen. Was da wohl passiert ist." Sie betraten die Küche und sahen ihren kreidebleichen Vater umrahmt von Polizisten.

Die Kinder liefen zu ihrem Vater. und dieser erzählte kurz was sich ereignet hatte. Die Kinder inspizierten das total durchwühlte Haus. So stellten sie fest, dass nichts weiter fehlte.

Die Wertsachen waren ja auch alle im Safe. Der Schaden war schon beträchtlich. Ihre Versicherung würde für den größten Teil des Inhalts nicht aufkommen. Sie hatten nicht nur viel Schwarzgeld und Schwarz-Gold im Safe, sondern sie waren auch unterversichert. Der Bauer dachte noch so vor sich hin; wie gut es doch war, dass sie diese sündhaft teure Reise im Winter gemacht hatten; als ein Polizist meinte: „Kannst du bitte morgen auf der Wache das Protokoll unterschreiben?".

Die Anfahrt zum Krankenhaus dauerte wohl doch zu lange für den tiefgekühlten Finger. Er konnte nicht mehr angenäht werden. Mit einem Verband wurde die Frau noch am gleichen Tag entlassen.

Das Protokoll lautete kurz und bündig: Raubüberfall mit 2 Verletzten.
Täter nicht überführt, da unbekannt

Täterbeschreibung: ca. 30 Jahre alt,
2 m groß, schwarze, kurze, gegelte Haare, schwarzer, mittellanger Bart, auffallend lange Nase,

DNA-Spuren und Fingerabdrücke wurden sichergestellt jedoch keine vergleichbaren Werte vorhanden.

Düsseldorf, April, Mittwoch, 12 Uhr

Herr Schnack besaß einen Schmuckladen in guter Lage. Ein kleines, schmuckes Geschäftshaus – unten Laden – oben Wohnung. Auch wenn es kein großer, bekannter Juwelier war, so waren die gefüllten Schaufenster doch von einem namhaften Dekorateur gestaltet worden. Angrenzend an den Verkaufsraum war noch ein Arbeitsraum mit einem Safe aus dem Jahre 1952 vorhanden; dem Jahr der Geschäftseröffnung. Immer wieder wollte Herr Schnack den Safe erneuern, aber er hatte kein Geld übrig für solch eine Investition. Hinter einem geschmackvollen, unifarbigen Vorhang konnte man über eine Treppe das obere Wohnungsgeschoss erreichen. Die gesamte 3-Zimmerwohnung war eingerichtet wie „wollen und nicht können". Ein Sammelsurium unterschiedlicher Geschmacksrichtungen.

Herr Schnack dachte noch: „Den ganzen Morgen kam keiner und jetzt kommen gleich zwei Leute, einer mit Sporttasche, zeitgleich in den Laden. Dass die beiden zusammengehörten, konnte er zu diesem Zeitpunkt noch nicht wissen.
Der Kleinere zielte mit einer Waffe auf Herrn Schnack und der andere Mann sagte in scharfem Ton: „sofort abschließen."
Herr Schnack reagierte unverzüglich.
Direkt danach kam der Befehl: „Alles aus Schaufenster in diese Tasche." Auch das machte Herr Schnack sogleich, denn er wollte ja nur, dass es endlich vorbei war. Aber es war nicht vorbei. „Wo Frau, Safe sofort

48

aufmachen!", war die nächste Forderung. Er öffnete den Safe im Nebenraum, in dem all seine Schätze waren.

„Wo Frau?"

Er antwortete: „Oben."

Und von da an wusste er nichts mehr, da er zusammengeschlagen wurde.

Er wurde erst wieder wach, als Polizisten ihm kaltes Wasser ins Gesicht spritzten. Treue Kunden hatten die Polizei gerufen, da sie glaubten, dass irgendetwas nicht stimmte. Keiner da und die Auslagen leer ohne Vorankündigung - das hat es ja noch nie gegeben. Sie hatten immer den Nachbarn Bescheid gesagt, wann sie ihr Geschäft geschlossen hätten.

„Wo ist meine Frau?", fragte er die Polizisten.

„Wissen wir nicht, hier ist sie nicht."

„Sie müsste oben sein. Bitte gehen sie hoch und schauen sie bitte nach ihr – es muss ihr was zugestoßen sein, sonst wäre sie doch längst hier unten."

Die Polizisten fanden die Frau im Schlafzimmer. Sie lag ohnmächtig in einer Blutlache festgebunden an einen Heizkörper und geknebelt. Der Ringfinger der linken Hand fehlte. Alles war durchwühlt. Die Polizisten orderten einen zweiten Notarztwagen damit beide so schnell wie möglich ins Krankenhaus kamen. Das Krankenhaus informiert die Polizeistation, dass Herr Schnack jetzt vernommen werden könne. Er war stabil, aber seine Frau schwebte noch in Lebensgefahr – sie hatte sehr viel Blut verloren.

Im **Protokoll** stand: Raubüberfall im Juweliergeschäft, Altstadt, zwei Verletzte.

Täterbeschreibung: Einer ca. 175 groß, der andere war fast 2 m groß,
Der erste war sehr jung vielleicht 20 Jahre und der zweite so um 40 Jahre alt

Der junge hatte eine kleine Tätowierung im Gesicht; der Große auf allen mittigen Fingergliedern.
Beide hatten schwarze Haare und schwarze Bärte und die Haare waren gegelt.

Die Täter konnten nicht identifiziert werden trotz DNA-Vergleich.

Köln, April, Mittwochnachmittag

„Mir losse de Dom in Kölle", sang man noch vor Kurzem im Karneval – aber niemand hatte ihn gestohlen, den Dom. Dieses Lied lief häufig in Emils Laden, obwohl ihm seit dem Tod seiner Frau nicht danach war, aber wenn man in Köln einen Kostümverleih hatte, gehörte das dazu. Der Geschäftsraum war übervoll mit Klamotten, auch standen noch einzelne Kleiderständer auf Rollen im überfüllten Laden herum. Über dem Laden war noch eine sehr kleine 2-Zimmerwohnung mit so mancher Geschmacksverirrung ausgestattet.

Dieser in der Altstadt bekannte Kostümverleih stand bei den Verbrechern auf der Speisekarte. Warum, das wusste keiner, denn dort war nicht viel zu holen.

Ein Mann betrat das Geschäft, und Emil wollte den Kunden bedienen, als ihm eine Waffe vorgehalten wurde. Er dachte zunächst, dass es ein Scherz sei, da die Waffe aussah wie die aus seiner Kostüm-Sammlung.

„Geld, Schmuck, Safe!", sprach der Eindringling, der auf gar keinen Fall Kölsch sprach.

„Jüngelchen, ich hab doch nix außer dem, wat in der Kasse liegt. Ich mach se dir up."

Ob der Mann ihn verstanden hatte, war nicht relevant. Emil öffnete die Kasse und gab dem Mann alles, was darin war.

Nachdem der Kriminelle das bisschen Geld aus der Kasse genommen hatte, fragte er: „Safe, Wohnung, Frau wo?"

51

Emil antwortete: „Safe hab ich nit, Wohnung ist oben, und meine liebe Frau ist tot. Gut, dass sie dich Jüngelchen nicht erleben muss."

Unter Waffengewalt zwang man ihn abzuschließen und in das obere Stockwerk zu gehen. Emil wurde niedergeschlagen und der Einbrecher durchsuchte die gesamte Wohnung in der Hoffnung, noch etwas zu finden. Aber da war tatsächlich nichts zu holen. Dann ging er noch einmal zu Emil zurück und schnitt den Ringfinger der linken Hand ab.

Emil verlor das Bewusstsein.

Als er wieder zu sich kam, telefonierte er mit der Polizei, die auch für Kölner Verhältnisse recht schnell da war. Man brach die Tür auf. Der erste Polizist, der eintrat, meinte: „Emil was wollten die bei dir nur stehlen, du warst doch froh, dass du deiner schwerkranken Frau noch mit der ausgezahlten Lebensversicherung einen großen Traumreise erfüllen konntest. Das weiß doch janz Kölle. Ist dir denn was geschehen?"

Emil antwortete geschwächt: „En Schreck und en Dütz am Kopp, un e Finger fehlt, dat ist alles. Klauen konnte der nicht viel, da ich ja nix hab, aber die 60 Euro aus der Kass fehlen." Dann fiel er wieder in Ohnmacht.

Die herbeigeeilten Sanitäter brachten ihn mit seinem Finger ins Krankenhaus. Der Finger konnte nicht mehr angenäht werden.

Protokoll: Geschäftsüberfall mit Körperverletzung; Täter unbekannt

Täterbeschreibung: Täter ca. 20 Jahre, sehr schlank, kleine Tätowierung im Gesicht; schwarze Haare und schwarzer Bart, Haare gegelt

Trechtingshausen, April, Mittwochmorgen

An den Höhen des Rheinufers unweit von Burg Rheinstein stand ein imposantes Zweifamilienhaus. Im ganzen Haus waren Marmorböden aus Carrara verlegt. Der Treppenaufgang war ebenfalls aus Marmor, der Handlauf goldfarbenes Messing und die Trennung der Stufenbereiche war mit dickwandigem Glas gemacht. Die Wohnräume waren sehr großzügig gestaltet. In jeder Wohnung gab es zwei Bäder, ebenfalls aus Marmor. Viele Bücherregale und Gemälde schmückten die Wohnung im ersten Stock. Eine riesige Wohnlandschaft aus schwarzem Leder stand im Wohn/Essbereich.

Die komplette Wohnung war leicht einsehbar. An der Seite des Hauses standen die Mülltonnen. Diese waren leicht zu besteigen. Von dort aus konnte man sich schnell auf die Terrasse schwingen. Wie auch bei vielen anderen Terrassentüren war auch diese leicht zu öffnende Tür nicht gesichert.

Anscheinend war niemand zu Hause, als der Einbrecher an diesem Mittwochmorgen das Areal betrat.

Er knackte die Tür - und erstarrte! Er hörte Hundegebell. Zwei große Hunde kamen auf ihn zugestürmt. Da er auf alles vorbereitet war, griff er blitzschnell in seine Tasche und holte aus einer Plastiktüte kleine Fleischstücke heraus. Diese präparierten Leckerbissen schmeckten den Hunden und sie schliefen sehr schnell fest ein.

Er durchsuchte die ganze Wohnung, und dann wartete er auf die Bewohner. Er hatte den Safe in der Wand gefunden, konnte ihn jedoch nicht öffnen. Ein

54

Indiz dafür, dass die Bewohner nicht in Urlaub waren, war der volle Kühlschrank. Er wartete. Er musste an den Safe, da er hoffte, das gesuchte Objekt zu finden. Er wartete noch nicht lange, als er hörte, wie sich ein Schlüssel in der Tür drehte. Eine Frau betrat die Wohnung, stürmte aber sofort auf ihre am Boden liegenden Hunde zu. Normalerweise hätten ihre Lieblinge sie schon winselnd an der Tür voller Freude empfangen. Das Chaos um sie herum bemerkte sie nicht. „Was ist denn mit euch los?" sprach sie zu den Hunden.

Sie bekam als Antwort von dem Einbrecher: „Ich, Safe öffnen! Schmuck, Geld!"

Sie begriff sofort, was dieser Mann wollte, stand auf und ging im zweiten Wohnzimmer an den Safe und öffnete ihn; das Bild, das normalerweise davor hing, war schon abgehängt. Bis auf die Papiere gab sie ihm alles heraus. Der kostbare Schmuck, ob alt oder neu, und das Bargeld, das sie für Notfälle hier verstaute. Auch die Reisedevisen. Sie wurde aufgefordert, zurück ins Esszimmer zu gehen und sich zu setzen. Nachdem sie das tat, wurde sie mit dem rechten Arm festgebunden. Er riss ihr noch die Kette vom Hals. Ebenfalls ihr goldenes Armband, und entfernte ihre Ringe. Anschließend schnitt er ihr den Ringfinger der linken Hand ab.

Zum Glück kam bald ihr Sohn und informierte sofort den Notarzt, damit sie medizinisch versorgt werden konnte. Nachdem der Notarzt da war, informierte er auch die Polizei. Dann kümmerte er sich um die zwei Hunde, die immer noch schlafend auf dem Boden lagen. Nein sie schliefen nicht mehr, sie waren vergiftet und mittlerweile tot.

Die Polizisten äußerten sich dahingehend: „Wir hatten in der letzten Zeit vermehrt Einbrüche, aber mit abgeschnittenem Finger war keiner dabei."

Und schrieben in ihr **Protokoll:** Raubüberfall mit Körperverletzung (1 Finger abgeschnitten). 2 große Hunde wurden vergiftet.

Täterbeschreibung: ca. 175 groß, zwischen 30 und 40 Jahren, Akne-Narben im Gesicht, fast schwarze gewellte, pomadige Haare

Die darüberliegenden Wohnräume, deren Besitzer in Urlaub in Südfrankreich waren, wurden ebenfalls durchsucht.

Ein beschrifteter Briefumschlag mit dem Text: *Maria Urlaubsgeld* mit Geldinhalt war noch vorhanden. Anscheinend konnte der Einbrecher nicht lesen.

Ein sehr teures Parfüm war ebenfalls verschwunden. Schmuck und Geld waren ansonsten nicht vorhanden. Erst Wochen später konnte dies festgestellt werden, da niemand Zugang zur Wohnung hatte, auch nicht für Notfälle.

Bad Kreuznach, April, Mittwochmittag

Mitten in der Stadt in einem der sogenannten Brückenhäuser wohnte Frau Schnell. In der winzigen Wohnung wohnte sie schon vierzig Jahre. Es war ein historisches Haus, außen renoviert, jedoch von innen wurde nur die Bausubstanz gesichert. Ihre Möbel waren alt, aber man sah ihnen an, dass sie einmal recht teuer gewesen waren. Sie und ihr Mann hatten sich nach und nach etwas Gutes gegönnt. Die Wände waren übervoll mit Familienfotos „tapeziert".

Seit dem Tod ihres Mannes lebte sie sehr zurückgezogen. Damit es ihr besser gehe, hatte ihr Sohn ihr eine sündhaft teure Kreuzfahrt geschenkt. Doch auch diese half ihr aus der Traurigkeit nicht heraus.

An diesem Mittwochmorgen klingelte es. Sie ging zur Tür, obwohl sie niemanden und nichts erwartete. Ein dunkelhaariger, sehr großer Mann stand in der Tür, und ehe sie sich versah, drängte er sie in die Wohnung und sagte nur: „Schmuck, Geld, Safe!"

Nichts von alledem hatte sie. Sie hatte doch nur ihre kleine Rente, die sowieso hinten und vorne nicht reichte. „Ich habe doch nichts", äußerte sie sich gegenüber dem Mann.

Er band sie an einem Stuhl fest und durchsuchte ihre sehr kleine Wohnung. Anschließend zog er ihr den Trauring, ihr größtes Vermögen, vom Finger. An der linken Hand schnitt er ihr wohl aus Wut noch den Ringfinger ab.

Tage später wurde sie gefunden. Sie war verdurstet.

57

Im **Protokoll** der Polizei stand: Überfall auf eine alte Dame mit Todesfolge; da man sie erst Tage später fand war sie verdurstet, Sohn wurde informiert in Berlin - Adresse siehe Anlage

Täterbeschreibung: keine
Fingerabdrücke wurden gesichert

Vorort von Mainz, April, Mittwoch

Der Einbrecher verschaffte sich Zugang durch den Weinkeller. Über die Kellertreppe konnte er in den von Gebäuden umringten Hof kommen. Das Anwesen war alt und seit Generationen in Familienbesitz. Die Küche war ganz modern eingerichtet, das Wohnzimmer, Fernsehzimmer und die Schlafzimmer waren zwar alle sehr teuer eingerichtet, aber wie man so in Rheinhessen sagte „zusammengestoppelt". Es gab zwei Bäder, in einem davon ersetzte ein moderner Whirlpool die Badewanne. Eine Weinprobierstube war im angrenzenden Gebäude.

Die Winzerfamilie fühlte sich immer sehr sicher in ihrem rund herum zugebauten Anwesen. Der Gedanke, dass man über den Keller einsteigen konnte, wäre ihnen nie in den Sinn gekommen.

Frau Weiner stand in der Küche und kochte. Der Rest der Familie war in der Halle beim Weinabfüllen. Herr Weiner füllte die Flaschen ab, die Tochter etikettierte sie, und der Sohn brachte sie Kistenweise in den Verkaufskeller.

Der Einbrecher kam über den Fasskeller ins Haus. Er bedrohte Frau Weiner in der Küche mit einem Revolver. Sie konnte dennoch laut um Hilfe rufen. Bald darauf standen ihr Mann und ihre Kinder in der Küchentür. Sie stoppten abrupt, als sie sahen, dass die Ehefrau und Mutter mit einer Waffe bedroht wurde.

Der Einbrecher sprach deutlich, jedoch nicht akzentfrei: „Her mit Geld und Schmuck! Safe auch öffnen!"

59

Herr Weiner sagte, dass alles im Wohnzimmer sei. Sofort wurde seine Frau mit dem Waffenknauf zusammengeschlagen. Die anderen drei nötigte er unter Drohen mit seiner Waffe ins Wohnzimmer. Herr Weiner öffnete den Safe und weinte innerlich um das Schwarzgeld, das er dort gebunkert hatte. Alles, was sich darin befand, händigte er dem Einbrecher aus. Währenddessen wurden seine Tochter und sein Sohn niedergeschlagen. Davor ließ sich der Einbrecher den gesamten Schmuck aushändigen, den sie am Leibe trugen. Herr Weiner spürte immer noch die Waffe, die auf ihn gerichtet war. Im Kopf legte er sich einen Einsatzplan zurecht, was er tun musste, wenn der Kerl weg war. Er, der Feuerwehrkommandant, hatte Ahnung von Strategien. Noch bevor er seinen Gedankengang beenden konnte, wurde auch er niedergeschlagen.

Gegen vierzehn Uhr kam der jüngste Sohn nach Hause und fand ein Chaos vor. In der verwüsteten Wohnung lagen seine Eltern sowie seine Geschwister ohnmächtig auf der Erde. Er alarmiert sofort die Polizei und diese wiederum die Rettung. Zum Glück gab es in Mainz genug Krankenwagen um alle vier zu versorgen.
Sie konnten alle gerettet werden. Zwar hatten alle dicke Beulen am Kopf, aber am schlimmsten war wohl der abgeschnittene Finger der linken Hand bei der Mutter. Eine Winzerin mit einer verkrüppelten Hand – wie sollte das gehen.
Nach einigen Tagen saßen alle wieder zu Hause am Küchentisch. Und der Vater meinte nur: „Gut ich noch

60

Geld im Keller in dem alten Holzweinfass versteckt habe. Sonst müssten wir wirklich Bankrott anmelden. Auch, dass ich mit eurer Mutter die sündhaft teure Reise, zu der ich keine Lust hatte, gemacht habe ist im Nachhinein als gut zu bewerten."

Im **Protokoll** hieß es: Einbruch mit Durchsuchung, Körperverletzung in 4 Fällen, eine verkrüppelte Hand, alle jedoch nach 5 Tagen aus dem Krankenhaus entlassen.

Täterbeschreibung: ca. 180 cm groß, 30 Jahre alt, schwarze, glatte Haare mit Pomade gestylt, schwarzer, kurzer Bart und stechend hellblaue Augen

Fingerabdrücke kaum verwertbar

Täter unbekannt

Im Odenwald, April, Mittwoch

Eine kleine Gemeinde im Odenwald. Ein kleines Haus mit Vorgarten war eingerichtet im Stil der 70er Jahre. Es war alles picobello sauber. Aber einfach eingerichtet. Im Flur stand auf dem Schuhschrank eine kleine, bemalte Vase mit Plastikblumen. Die Wachstuchdecke lag etwas abgenutzt auf dem Esstisch in der Küche. Das kleine Vorgärtchen war unterteilt in Nutz- und Blumengarten.

Er, der alte Friseurmeister, kam gerade von der Beerdigung seiner Frau, als er alleine seine verwüstete Wohnung vorfand. Er hörte im Obergeschoss Geräusche und stieg die Treppe hinauf.

Auf dem Treppenabsatz wurde er schon empfangen von einem grimmig dreinschauenden, etwa dreißigjährigen Mann, der sich nur so äußerte: „Geld, Schmuck, Safe!"

„Geld und Schmuck waren im Wohnzimmer, das du ja schon durchsucht hast, und einen Safe habe ich nicht."

„Wo Frau?"

Er weinte sofort bitterlich, und unter Tränen erklärte er, dass er gerade von der Beerdigung seiner Frau komme.

Der Einbrecher schlug ihn zum Abschied noch zusammen und schnitt ihm an der linken Hand den Ringfinger ab.

Als er wieder zu sich kam rief er die Polizei an.

Im Krankenhaus konnte man den Finger nicht retten, und er wurde nach eingehender Untersuchung noch am gleichen Tag entlassen.

62

Da er dem Einbrecher alles gegeben hatte, entnahm er den Kondolenzbriefen das Bargeld, welches für Kranzspenden hineingelegt wurde. Dies war jetzt das einzige Geld, das er besaß, und die nächste Rentenzahlung dauerte ja noch über zwei Wochen. Er würde später das Blumengeld zurücklegen.

Im **Protokoll** der Polizei hieß es: Überfall während Beisetzung; mit Körperverletzung (Ringfinger fehlt), gestohlen wurden Geld und einfacher Schmuck (Keine Fotos)

Täterbeschreibung: ca. 190 groß, schwarzer, langer Vollbart, Haare mit gewellten, geölten Haaren, die Haare waren gefärbt denn man sah im hinteren Bereich und vorne zwei Stellen, wo man Pigmentstörungen wegfärbte, aber diese schon wieder etwas herausgewachsen waren.

Ludwigsburg, April, Mittwoch

Ein Mehrfamilienhaus aus den 70er Jahren, nicht schön aber funktional. Die Briefkästen und die Klingelanlage sahen etwas ramponiert aus. Das Treppenhaus sowie der Eingang waren sauber, und man sah auch der Treppe und dem Geländer an, dass die schwäbische Kehrwoche eingehalten wurde.
Die Wohnungen waren alle gleich geschnitten. Wohnzimmer, Küche, Bad, Schlafzimmer und zwei kleine Zimmer waren alle vom schmalen Flur aus zu erreichen.
Alle waren zur Arbeit, nur die Eheleute Schwänzle waren zu Hause. In den anderen Wohnungen lebten fast nur junge Leute, die fleißig zur Arbeit gingen. Nach dem Motto "Schaffe, schaffe, Häusle baue" versuchten sie ihr Ziel so schnell wie möglich zu erreichen: das Eigenheim.

Sie saßen noch beim Frühstück als es klingelte. Herr Schwänzle stand auf und ging zur Tür. Bevor er etwas sagen konnte, sah er in den Lauf eines Revolvers.
Er hatte zwar als Lehrer ein Seminar für Konfliktbewältigung belegt, jedoch half das hier nicht viel.
Er hörte seine Frau von der Küche aus rufen: „Wer ist denn da?", aber ihr Mann antwortete nicht, stocksteif stand er in der Tür - und hinter ihm ein Fremder. Dieser sagte: „Schmuck, Geld, Safe!" kein Wort mehr.
„Isch im Wohnzimmer", sagte er auf Schwäbisch.
„Geh", kam der Befehl und Herr Schwänzle ging in Richtung Wohnzimmer.
„Frau auch", erklang es brutal.

64

Also gingen beide jetzt mit einer Waffe bedroht hinüber über die Flurdielen ins Wohnzimmer.

Herr Schwänzle hängte ein Bild von der Wand ab und gab jetzt den Blick frei auf einen Safe. Nach dem Öffnen des Safes holte er alles heraus, was sich darin befand. Auch die vielen unterschiedlichen Devisen ihrer letzten Reise. Zwischendurch warf er einen Blick auf seine zitternde Frau. Das war das Letzte, an das er sich erinnern konnte, bevor er niedergeschlagen wurde.

Als er wieder zu sich kam, suchte er seine Frau. Sie saß ohnmächtig auf einem Esszimmer-Stuhl, und eine Blutlache umgab sie. Er versuchte, sie wach zu bekommen, doch es gelang ihm nicht. Die herbeieilende Polizei und der Notarzt konnten nichts mehr tun. Frau Schwänzle war verstorben. Die Wohnung war durchwühlt und alles Wertvolle, das sie hatten, war gestohlen.

Protokoll: Raubüberfall mit Personenschaden. Lt. Notarzt Tod eingetreten nach Misshandlung und Blutverdünner

Täterbeschreibung: fast 2 m groß, 30 Jahre, schwarze Haare, mittellanger, fast schwarzer Bart,

DNA-Spuren konnten gesichert werden, Fingerabdrücke schlecht verwertbar

Täter nicht im Archiv auffindbar

Ludwigsburg, April, Mittwoch

Sechszehn Uhr in einem Reihenendhaus eines Wendehammers. Nicht breit aber mit vier Stockwerken und einem tollen, gepflegten Garten.

Die Terrasse war über den Gartenanteil leicht zugängig. Die Schiebetür zum Wohnzimmer stand offen, und ein Fremder betrat das Haus. Durch das Wohnzimmer gelangte er über zwei Stufen auf die Ebene des Esszimmers.

Aus der dahinter liegenden Küche trat eine Frau dem Fremden entgegen und fragte auf Schwäbisch: „Was willscht?"

Noch bevor ihr Ehemann aus der Küche heraustrat, sagte der Fremde: „Schmuck, Geld, Safe!"

Sie antwortete sofort: „Schmuck haben wir nicht, Geld ist auf der Bank und einen Safe haben wir auch nicht."

Der Ehemann befand sich jetzt auch im Wohnzimmer, um seiner Frau beizustehen. Beide wurden brutal niedergeschlagen und anschließend in die benachbarte Küche geschleift. Der Mann schloss die Terrassentür von innen. Dann durchsuchte er das gesamte Haus, das ja über mehrere Stockwerke ging. Er fand tatsächlich keinen Schmuck, aber Unmengen von Geld. An verschiedenen Stellen im Haus waren nicht nur Euros, sondern auch andere Devisen versteckt.

Das Beste fand der Räuber im Keller. Zwischen mehreren Gefriertruhen war ein alter Safe versteckt. Ihn zu knacken, war kinderleicht. Was jedoch im Safe war, hatte sein Gewicht. Dort befanden sich 6 kg Gold in Barren und diverse Goldmünzen (etwa 100 Stück).

66

Nach der Durchsuchung ging er in die Küche, um der Frau den Ringfinger abzuschneiden. Dann verließ er das Haus auf demselben Weg, wie er gekommen war. Gegen siebzehn Uhr klingelt es. Das männliche Opfer versuchte sich zu melden, aufstehen konnte er nicht. Zum Glück kannten die Skatfreunde den Weg durch den Garten und betraten das Haus wie auch der Räuber zuvor es getan hatte. Sofort wussten sie, dass hier etwas nicht stimmte. Sie riefen laut nach ihren Freunden und hörten ein leises Stöhnen aus dem Küchenbereich. Ihr Freund sah fürchterlich aus. Seine Frau lag schlafend neben ihm. Mit beschlagener, hilfloser Stimme sagte er: „Sie ist schon lange bewusstlos – holt schnell einen Notarzt." Die alten Freunde holten nicht nur den Notarzt, sondern auch die Polizei.

Der Schaden war sehr groß. Nicht nur weil einige alte Möbel schwer beschädigt waren und die Frau des Hauses ihren Finger verloren hatte, das Geld und das Gold stellten einen Wert von insgesamt 300.000 Euro dar.

Hatte man ihr den Finger abgeschnitten, weil sie den Räuber so belogen hatte?

Im Krankenhaus meinte die Frau nur zu ihrem Mann: „Schätzle, wir sind unterversichert. Über den Verlust des Fingers verlor sie kein Wort."

Im **Protokoll** stand: Einbruch mit Personenschaden, nach 2 Tagen 2 Personen aus dem Krankenhaus entlassen, erheblicher Schaden (ca. 300.000 Euro)

Täterbeschreibung: fast 2 m groß, 30 Jahre, schwarze Haare, mittellanger, fast schwarzer Bart

DNA-Spuren konnten gesichert werden, Fingerabdrücke verwertbar

Täter nicht im Archiv auffindbar

Darmstadt, April, Mittwoch abends

Der Schauplatz eines brutalen Überfalls war ein Mehr-familienhaus in einem Vorort, gebaut in den 70er Jahren. Etwas schmuddelig von außen, aber innen sehr sauber. Hier wohnten fast nur Rentner. Im Haus waren 3-Zimmer-Wohnungen gleichen Zuschnitts. Da es schon nach 17 Uhr war, waren wohl alle älteren Bewohner unterwegs. Die Alten dieses Hauses gingen sehr gerne und lange aus. Kontakt untereinander hatte man aber wenig.

Gut gelaunt kamen Herr und Frau Gerhard aus dem Besen nach Hause. Durch einen kleinen Flur betraten sie die Küche, die dann in ein Wohnzimmer überging. Das Schlafzimmer und das Bad waren ebenso wie das kleine Zimmer, welches als Büro genutzt wurde, gesondert über den Flur zu erreichen.

Sofort waren sie total nüchtern, als sie das Durcheinander in ihrer Wohnung sahen. "Was war denn hier los", sagte Frau Gerhard noch, als ein unbekannter Mann ihnen entgegentrat.

„Wo Safe? Geld? Schmuck?" Mehr sagte der Mann nicht.

Ihr Mann sprang ihr zur Seite und sagte auf eine Tür weisend: „Dort im Schlafzimmer."

Nach Aufforderung des sehr hässlichen Mannes gingen die Eheleute ins Schlafzimmer und öffneten nicht nur den Kleiderschrank, sondern auch den Safe, der sich dort befand. Eine Tüte wurde Herrn Gerhard hingehalten, und er packte alles hinein. Danach schlug der Mann Herrn Gerhard brutal mit einem Schlagring nieder. Das Blut spritzte aus der Wunde hervor, da er am Kopf die Hauptschlagader getroffen hatte.

Frau Gerhard wollte helfen und schrei: „Mein Mann verblutet!" In diesem Moment wurde sie ergriffen, in den Esszimmerbereich gezerrt und an einem Stuhl festgebunden. Dabei entdeckte der Einbrecher noch die Ringe an ihren Händen und verlangte diese auch noch. Ebenso die Halskette, die sie seit ihrer Silberhochzeit während ihrer großen Weltreise, immer trug. Dann wurde sie ebenfalls niedergeschlagen und ein Finger wurde ihr abgetrennt.

Erst zwei Tage später wurde das Massaker entdeckt. Für beide kam jede Hilfe zu spät.

Im Protokoll stand: Raubüberfall mit 2 Todesfolgen da Verletzte zu spät gefunden wurden

Täterbeschreibung nicht möglich

Täter nicht bekannt

Bei Ulm, April, Mittwochmorgen

Im Garten arbeitete eine kleine Frau in gebeugter Haltung. Ein alter Mann schnitt am Rande des Grundstücks die Hecken. Gerne arbeiteten sie im Garten und erfreuten sich an der Natur und an dem frischen Gemüse und den Blumen. Ihr Haus war zwar klein, aber fein und schuldenfrei.

Lange hatten sie gebraucht, um so weit zu kommen. Auf den beiden Geschossen des Hauses waren im Erdgeschoss ein Wohnzimmer, ein Fernsehzimmer, ein Esszimmer und eine Toilette verteilt; oben ein Bad und zwei Schlafzimmer. Sie hatten alles mit Liebe eingerichtet und geschont. Auf den Schränkchen und Tischen lagen Deckchen. Darauf standen viele gerahmte Fotos.

Ein Mann kam auf das Grundstück, ging geradewegs auf die Frau zu und schlug, sie ohne ein Wort zu sprechen, nieder. Sie lag zwischen den Tomatenpflanzen, die sie gerade im Boden eingeschlämmt hatte.

Der Mann zog sie in das kleine Gewächshaus, das in der Nähe stand. Der Hausbesitzer, der mit einer elektrischen Heckenschere arbeitete, spürte in seinem Rücken einen Gegenstand, wie ein Besenstil.

Er machte die Schere aus, legte sie auf die Erde und drehte sich um. Er sah in die stahlblauen Augen eines brutal anmutenden Gesichtes. Hilfesuchend schaute er nach seiner Frau, die er nicht sah.

Hoffentlich war sie im Haus. Den Gedanken konnte er noch zu Ende denken, bevor er gezwungen wurde, ins

71

Haus zu gehen. Im Haus stellte er fest, dass seine Frau nicht da war.

„Safe! Geld! Schmuck!", artikulierte sich der Fremde. Erst jetzt war dem alten Mann klar, dass dies ein Raubüberfall war. An seine Frau denkend öffnete er im Wohnzimmer die Schranktür und den dahinterliegenden, in die Wand eingemauerten Safe. In diesem Moment wurde er niedergeschlagen.

Als er wieder zu sich kam suchte er als Erstes nach seiner Frau. Im Haus war sie nicht. Die Unordnung, die der Fremde beim Durchsuchen der Wohnung angerichtet hatte, störte ihn jetzt nicht. Er wollte nur seine Frau finden. Er ging in den Garten und fand sie am Boden liegend im Gewächshaus; aber was war das da am Boden? Er erkannte zuerst den Finger und erst anschließend, dass es der Ringfinger seiner Frau war. Er holte kaltes Wasser am Brunnen, machte sein Taschentuch nass und legte dieses seiner Frau auf die Stirn.

Langsam kam sie zu sich. „Wir müssen die Polizei rufen." Nach einem Augenblick ergänzte er: „Und einen Arzt."

Seine Frau, die noch nicht festgestellt hatte, dass sie Schmerzen haben müsste, fragte ängstlich ihren Ehemann: „Bist du verletzt?"

Polizei und Rettung waren schnell vor Ort und versorgten die betagten Herrschaften.

Den Finger der Dame konnte man noch annähen, er würde aber steif bleiben.

Im Polizei**protokoll** war zu lesen: Raubüberfall mit Körperverletzung an einer alten Frau

Täterbeschreibung: 1,80 m groß, 30 Jahre, schwarze, glatte Haare, schwarzer Bart,
stechend blaue Augen

Täter nicht bekannt

2 km von Freiburg, April, Mittwochmittag

Schon immer lebten sie hier im für sie viel zu großen Elternhaus. Ein Original-Schwarzwaldhaus.
Es war früher ein Bauernhaus gewesen, in dem man wohnte, und der Stall war auch unter dem gleichen Dach. An allen Seiten war das Dach heruntergezogen. Es sah von vorne aus, als hätte das Dach „einen auf die Mütze bekommen".
Als sie Kinder waren, waren alle Häuser hier mit Holzschindeln oder auch Stroh gedeckt gewesen.
Der Keller war wegen der Feuchtigkeit aus Stein gebaut. Der Rest aus Holz. Man baute die Häuser fast immer in einen Hang hinein. Über dem Keller befanden sich die Wohnräume, die mittig einen tollen Kachelofen hatten, der von der Küche aus beheizt wurde. So konnte man auch die darüberliegenden Schlafzimmer mitheizen. Auch die Tiere waren auf diesem Stockwerk untergebracht. Im Stockwerk darüber befanden sich meistens die Schlafräume.
Ihre beiden Kinder wohnten in Berlin und Hannover. Deshalb hatten sie seit Jahren Zimmer an Studenten vermietet. Für das Zubrot waren sie zwar dankbar sonst hätten sie sich die lange Winterreise nicht leisten können. Auch war der Kontakt zu den jungen Leuten wichtiger als alles andere. Sie blieben dadurch jung und erlebten die Welt mit den Augen der Jugend.
Die Eingangstür ging auf. Sie kannte dieses Knarren schon seit 70 Jahren. Zu ihrem Mann meinte sie: „Das ist bestimmt Tom der mal wieder eine Vorlesung schwänzt."

74

Nein es war nicht Tom, sondern ein hoch aufgeschossener Mann von ca. 40 Jahren, der sie mit einer Waffe bedrohte. Was dies bedeutete, musste ihnen niemand erklären. „Was wollen Sie?", fragte die Frau dennoch.

Prompt kam die Antwort: „Geld, Safe, Schmuck!"
„Alles da in der Anrichte."

Den Möbelsafe konnte man ja wegtragen – eigentlich lächerlich – aber besser als nichts. Der Hauseigentümer öffnete den Safe und wurde als Dank dafür vor den Augen seiner Frau niedergeschlagen. Sie wurde ihres gesamten Schmuckes, den sie am Körper trug, beraubt. Und das war einiges, denn sie liebte Schmuck über alles. Jeden Tag trug sie passend zu ihrer Kleidung anderen Schmuck. Echt musste er auf alle Fälle sein. Manchmal sagte ihr Mann zu ihr „Christbaum", wenn sie es mit den Brillanten übertrieben hatte.

Nachdem sie dem Dieb all ihren Schmuck gegeben hatte, band er sie am Stuhl fest und schnitt ihr rabiat den Ringfinger der linken Hand ab. Sie verlor das Bewusstsein.

Tom kam als Erster von der Uni zurück, sah das Geschehene und alarmierte sofort die Polizei und die Rettung. Die Polizisten inspizierten die durchwühlte Wohnung und befragten den Hausherrn.

Erst als sich ein Rettungs-Sanitäter über sie beugte, erwachte die Hausbesitzerin. Ihren Mann konnte sie inmitten der Polizisten erkennen. Sie dachte noch: Okay er hat alles im Griff. Sie war es doch, die sonst immer die alles regeln musste. Und schon wieder war sie ohnmächtig.

Den Finger konnte man nicht mehr annähen.

Protokoll der Polizei: Raubüberfall mit Personenverletzung.

Täterbeschreibung: fast 1,90 m groß, 40 Jahre, schwarze, pomadige Haare, langer, schwarzer Bart

DNA-Spuren konnten gesichert werden, Fingerabdrücke nicht verwertbar

Täter im DNA-Abgleich nicht gefunden

An den nachfolgenden Tagen donnerstags und freitags wurden nach dem gleichen Muster Haushalte in den folgenden Städten bzw. Dörfern überfallen. Überall wurde der Frau des Hauses der Ringfinger der linken Hand abgetrennt.

In der Nähe von Passau waren es zwei Haushalte. Zwei befreundete Ehepaare wurden donnerstags morgens und mittags überfallen.
Vor einigen Wochen waren sie noch gemeinsam auf großer Reise und nun traf sie beide ein grausamer Überfall.

Die **Täterbeschreibung:** ca. 35 Jahre, 1,75 groß schwarze, gewellte, fettige Haare, Akne-Narben im Gesicht.
Beide Ehepaare machten die identische Zeugenaussage den Täter betreffend.
Identisch waren ebenfalls die DNA-Spuren und Fingerabdrücke
Der Täter konnte nicht identifiziert werden.

Am frühen Morgen in **München (Stadt)**
Hier steht nicht nur ein Hofbräuhaus, sondern in unmittelbarer Nähe wohnte auch eine alte alleinstehende Witwe. Sie meisterte ihr Leben in einer kleinen Altbauwohnung ohne Fahrstuhl. Sie konnte sich keine andere Wohnung leisten, da sie für ihr Leben gerne reiste. Im Winter war sie viele Wochen unterwegs. Hier hatte sie mehr Abwechselung als zu Hause.

Täterbeschreibung: 180 cm groß, ca. 40 Jahre alt, langer Vollbart,

Um 16 Uhr in **Pasing** machte ein Ehepaar, direkt nach dem Überfall, folgende
Täterbeschreibung: 180 cm groß, ca. 40 Jahre alt, Narbe auf der Stirn, langer Vollbart, schwarze, gegelte Haare

Fingerabdrücke konnten verwertet werden, jedoch der Täter konnte nicht identifiziert werden.

Auch in **Mannheim** wurde donnerstags ein Ehepaar überfallen.
Sie gaben folgende **Täterbeschreibung** ab: ca. 170 groß, sehr jung vielleicht 18 Jahre, extrem schlank, kleine Tätowierung auf der Wange unter dem Auge, schwarze Haare und Bart, trug einen schwarzes Hoodie

Täter unbekannt

In einem benachbarten Ort nahe **Karlsruhe** wurde eine alleinstehende Dame überfallen.
Sie gab folgende **Täterbeschreibung** ab:
Ca. 180 cm groß, etwas 30 Jahre alt, schwarze Haare

DNA-Spuren und Fingerabdrücke wurden gesichert, jedoch führten sie nicht zum Täter.

Ebenfalls in **Nürnberg, Stadt**, wurde ein Ehepaar ausgeraubt.
Täterbeschreibung: ca. 170 cm, 50 Jahren, Glatze, kurzer Bart, sehr schlechtes Deutsch

DNA-Spuren und Fingerabdrücke konnten nicht archiviert werden, also kein Vergleich mit Datei möglich – Täter unbekannt

In **Augsburg** geschah einem Ehepaar das Gleiche.
Täterbeschreibung: 190 cm, ca. 40 Jahre, Tätowierungen auf allen Fingern, schwarze Haare, schwarzer Bart
Täter unbekannt

Kempten im Allgäu war ebenfalls Schauplatz eines Massakers.
Täterbeschreibungen: 2 m groß, ca. 40 Jahre, mittellanger Vollbart
DNA-Spuren und Fingerabdrücke konnten nicht verwendet werden
Der Täter also nicht bekannt

Am schönen **Bodensee nahe Leutkirch** war auch ein Raubüberfall mit Todesfolge zu verzeichnen. Der Ehemann überlebte, die Ehefrau leider nicht.
Täterbeschreibung: 175 cm, ca. 40 Jahre, Tätowierungen an Unterarmen, schwarzer Bart und schwarze Haare

Der Täter ist unbekannt

In **Singen Hohentwiel** wurde eine vierköpfige Familie rücksichtlos zusammengeschlagen.

Täterbeschreibung: fast 2 m groß, ca. 30 Jahre, schwarzer Bart, mittellang, schwarze, pomadige Haare

DNA-Spuren und Fingerabdrücke konnten gesichert und archiviert werden. Kein Täter gefunden

Tuttlingen stand auch auf der Liste der „Fingerabschneider".

Täterbeschreibung: 190 cm groß, ca. 30 Jahre, schwarzer Bart mittellang, schwarze, fettige Haare

Täter unbekannt

Nahe **Bayreuth** wurde ein 75-jähriges Ehepaar überfallen.

Täterbeschreibung: ca. 190 cm, 30 Jahre, eierförmiger Kopf, sehr gepflegter, kurzer Bart

DNA-Spuren und Fingerabdrücke führten ins Leere.

Auch wurden in den nachfolgenden Orten die Menschen überfallen und der Dame des Hauses der Ringfinger der linken Hand abgeschnitten. Alle Täterbeschreibungen, eventuell vorhandenen Fingerabrücke und DNA-Spuren wurden in Protokollen festgehalten und mit Dateien verglichen. Nichts führte zu einem Täter.

80

Im April, freitags:

In **Dresden** wurde ein Ehepaar überfallen. Beide verstarben, da sie zu spät gefunden wurden. **Keine Täterbeschreibung**

Freiburg (Sachsen) In diesem wunderbaren Städtchen wurde eine alleinstehende Dame überfallen, brutal zusammengeschlagen. Sie starb an den Folgen ihrer Verletzungen. **Keine Täterbeschreibung**

In einem Mehrfamilienhaus in **Chemnitz** wurde ein Ehepaar ausgeraubt und misshandelt.

Den **Täter** beschreib man der Polizei wie folgt: ca. 35 Jahre alte, 175 cm groß, gewellte, gegelte Haare und Akne-Narben im Gesicht, schwarzer Bart

Glauchau (Sachsen): Hier wurde ein Ehepaar überfallen. Beute war nicht sehr groß.

Täterbeschreibung: ca. 180 cm ca. 40 Jahre, Narbe auf der Stirn, Schwarze Haare und langer, schwarzer Vollbart

In **Zwickau (Sachsen)** wurde ein Paar überfallen und ausgeraubt. Die Beute betrug ca. 20 000 Euro und Brillantschmuck im Wert von ca. 40 000 Euro

Täterbeschreibung: 190 cm groß. 30-40 Jahre alt, eierförmiger Kopf, schwarze Haare und Bart

Plauen: Das Ehepaar, welches hier früh morgens überfallen wurde, teilte folgende **Täterbeschreibung** der Polizei mit:
Ca. 1,80 m, zwischen 20 und 30 Jahren alt, stahlblaue, stechende Augen, schwarze Haar, schwarzer Bart

Mitten in **Mirow** wurde ein Ehepaar gegen 13 Uhr überfallen und ausgeraubt.

Täterbeschreibung: sehr jung, ca. 20 Jahre, so groß wie unser Enkel also 180cm, mit markanten hellblauen Augen

Marlow: Ein Ehepaar in einem abgelegenen Einfamilienhaus wurde überfallen, brutal zusammengeschlagen und beraubt.
Nach Angaben der Kinder konnte die Beute max. 10 000 € für Schmuck und Bargeld betragen, da sie ja eine große Summe auf ihrer Weltreise ausgegeben hatten. Ein Safe war im Haus nicht vorhanden.
Täterbeschreibung konnte es nicht geben, da das Ehepaar tot aufgefunden wurde.

Es konnten Fingerabdrücke gesichert werden.
Täter unbekannt.

82

In **Stralsund** wurde ein Paar überfallen und ausgeraubt. Der Frau wurde der linke Ringfinger abgetrennt. Beide konnten rechtzeitig gefunden und gerettet werden.

Die Beute war Schmuck im Wert von ca. 20 000 € und Bargeld von ca. 250 €

Die **Täterbeschreibung:** 180 cm, 30 Jahre, gewellte, schwarze Haare (könnten gefärbt sein), schwarzer, langer Vollbart

Grimmen

Hier stand ein kleines Einfamilienhaus mit einem großen Garten. Ein Ehepaar lebte hier und wurde freitags von einem sehr brutalen Menschen überfallen. Beide überlebten, jedoch mussten sie direkt in eine psychische Betreuungseinrichtung, da der Schock sehr tief saß.

Folgendes gaben sie zur **Täterbeschreibung** an: Mann, 50 Jahre, Glatze, sehr schlechtes Deutsch

Man konnte Fingerabdrücke in der Wohnung sicherstellen

Täter unbekannt

Luplow ein Ehepaar wurde brutal in ihrer Wohnung zusammengeschlagen. Beide verstarben als Folge an den schweren Verletzungen und des zu späten Auffindens.

Täterbeschreibung: keine

DNA-Spuren wurden gesichert
Täter unbekannt

In **Wien** und **Graz** wurden donnerstags zwei Ehepaare überfallen. Die österreichische Polizei war erst durch die Anfragen des BKA darauf hingewiesen worden, dass es sich bei den Einbrüchen mit „Fingerabsschneiden" um Serientäter handelt, denen man auf der Spur war. Man erbitte somit Amtshilfe und zwar alle Untersuchungsergebnisse (DNA, Fingerabdrücke, Beschreibungen der Taten und der Täter)

Man erhielt folgende Informationen:
8 Uhr morgens in Wien betrat ein Paketbote ein Mehrfamilienhaus. Frau Hodlachek wurde der Ringfinger der linken Hand abgeschnitten, sie und ihr Mann überlebten und gaben folgende **Täterbeschreibungen** ab:

Der Täter war ungefähr 2 m groß, war ungefähr vierzig Jahre alt, hatte ein vernarbtes Gesicht, mit mittellangem, schwarzem Vollbart

DNA-Spuren und Fingerabdrücke wurden sichergestellt.

Täter unbekannt.

Das Familiendrama aus Wien setze sich in **Graz** fort. Die Schwester der Wienerin und ihr Mann wurden

84

gegen siebzehn Uhr an die Tür gelockt. Angeblich ein Paket. So schnell konnten beide nicht reagieren, wie ein fremder, großer Mann sich Zutritt zu ihrer Wohnung verschaffte und sie drangsalierte. Wie ihrer Schwester in Wien wurde ihr der Ringfinger der linken Hand abgeschnitten. Sie wiesen die herbeigerufene Polizei darauf hin, dass ihrer Schwester in Wien das Gleiche geschehen sei, aber man tat es damit ab, dass das wohl eine neue Methode sei, den Frauen den Schmuck abzunehmen.

Aus Graz hatte man folgende Täterbeschreibung: 200 cm groß, ca. 40 Jahre, vernarbtes Gesicht, mittellanger Bart, brutale Ausstrahlung

Da die Täterbeschreibungen aus Wien und Graz ähnlich waren, konnte man von einem Täter ausgehen.

In einem winzigen Dorf bei Berlin wohnte ein älteres Ehepaar. Das Dorf hatte nur 12 Häuser, die alle an einer Durchgangsstraße lagen.

Der Mann war ungefähr 70 Jahre mit Glatze und langem Bart. Mit seiner deutlich jüngeren Frau lebte sie schon seit 5 Jahren hier. Sie war nur selten und wenn, dann immer nur mit Kopftuch zu sehen. Nie fielen die beiden negativ auf. Sie grüßten freundlich, ließen sich aber nie auf ein Gespräch ein. Sie fegten samstags die Straße und pflegten den Vorgarten. An keinem Grilltreffen oder sonstigen Aktivitäten des Dorfes nahmen sie teil. Sammelt man Spenden, beteiligten sie sich immer mit 5 €. Er fertigte die Leute des Dorfes ausschließlich an der Tür ab. Mit der Frau hatte noch nie jemand im Dorf ein Wort gesprochen.

Niemand konnte wissen, wie es in dem Haus aussah. Man wusste nur durch die vorherigen Besitzer, die an die Ostsee verzogen waren, wie die Innenräume aufgeteilt waren. Das Haus lag an der Durchgangsstraße und an einem Wirtschaftsweg mitten in Kornfeldern. Mehr konnte man nicht über das Ehepaar berichten.

Vier Wochen zuvor hatten zwei schwarze Limousinen vor dem Haus angehalten. Zwei ganz junge Burschen waren in das Haus gegangen. Man nahm an, dass Enkel ihre Großeltern besuchten.

Gerade deshalb fiel es auf, als am heutigen Tag sehr viele schwarze Limousinen vorfuhren. Vor zwei

86

Wochen war das gleiche Schauspiel wie heute. Es waren nur Männer, die voller Ehrfurcht das Haus betraten.

Wo bringen die denn all die Leute unter, fragten sich die Nachbarn. Da war ja wahrscheinlich kein Stehplatz mehr frei in dem winzigen Haus. Sollte es wirklich eine Familienfeier sein, dann ohne Frauen und Kinder.

Im zentralen Zimmer im Erdgeschoss waren nur Sitzmöbel rundum an allen Wänden. Die Türbereiche zum Flur und zum Garten waren ausgespart. Alle Männer saßen kerzengerade aufgereiht voller Respekt für den Bewohner des Hauses, der mittendrin auf einem Sitzmöbel saß; der Hausherr. Hinter ihm an der Wand hing ein Bild von der „Kaaba in Mekka".

Die Frau, also die Hausherrin, war nicht anwesend. Es gab keinerlei Verköstigung bis auf Tee der in kleinen Gläsern gereicht wurde.

Der kleine, alte Mann richtete das Wort an seine Gäste. Er war ein Clan-Chef und nannte alle Ali, nicht, weil er sich keine Namen merken konnte, sondern um keinen herauszustellen. Auch kannte keiner vom den anderen den Namen, um keinen Verrat begehen zu können. Sie waren zwar alle miteinander verwandt, doch kannten sich nicht alle untereinander. Er eröffnete das Treffen, zu dem er die Alis einbestellt hatte.

Anwesend waren:

Ali1: 175 cm groß, 35 Jahre, fast schwarze Haare, Vollbart

Ali2: 180 cm groß, 42 Jahre schwarze Haare, langer Vollbart, breite Narbe auf der Stirn

Ali3: 178 cm groß, 28 Jahre, schwarze Haare, sehr gepflegter, kurz getrimmter Bart

Ali4: 186 cm groß, 30 Jahre, kurzer, schwarzer Bart, eierförmiger Kopf, schwarze Haare

Ali5: 173 groß, 24 Jahre, extrem schlank, schwarze Haare, schwarzer Bart

Ali6: 182 cm groß, 31 Jahre, schwarzer Haarschopf, schwarzer Bart, aber stahlblaue Augen

Ali7: 186 cm groß, 34 Jahre, schwarzer, langer Vollbart, mit schwarzem Haar, in dem sich Pigmentflecken so zeigten, dass manche Stellen grau waren, zwei Stellen im hinteren Bereich des Kopfes, eine Stelle rechts vorne

Ali8: 172 cm groß, 49 Jahre, schwarzes Haar kurz geschnitten, Bart auf ca. 5 cm getrimmt

Ali9: 196 cm groß, 37 Jahre, Gesicht vernarbt, schwarze Haare, schwarzer, mittellanger Vollbart

Ali10: 189 cm groß, 37 Jahre, Tätowierungen auf den Mittelfingern, schwarze Haare, schwarzer Bart

Ali11: 178 cm groß, 41 Jahre, tätowiert an den Unterarmen, schwarze Haare, schwarzer Bart

Ali12: 195 cm groß, 28 Jahre, schwarze Haare, schwarzer, mittellanger Bart, Narbe auf rechter Wange

Ali13: 186 cm groß, 37 Jahre, schwarze Haare, schwarzer Bart

„Ich hatte euch alle hierher bestellt, weil ich das Ergebnis eurer euch aufgetragenen Aufgabe hören und sehen möchte. Ich hoffe ihr wart erfolgreich, da ihr ja wisst, wie sehr mir die Sache am Herzen lag, mit der ich euch vor zwei Wochen beauftragt hatte. Ich hoffe ihr habt **IHN** gefunden. Also Ali 1 fängt mit seinem Bericht an. Ich will keine Einzelheiten wissen, sondern von jedem Einzelnen das Gesamtergebnis."

Ali1: „Ich hatte Schmuck im Wert von ca. dreissigtausend Euro und sechsundzwanzigtausend Euro Bargeld – **ER** war nicht dabei."

Ali2: „Ich hatte **IHN** auch nicht gefunden, aber dreißigtausend Euro in bar und Schmuck für vierzigtausend Euro"

Ali3: „Ich war wohl nur bei armen Leuten, denn ich hatte nur sechstausend Euro in bar und Schmuck im Wert von dreitausend Euro. **Ich habe das gewünschte Stück auch nicht**. Es tut mir leid".

Ali4: „Ich hatte zwar einen großen Beutezug gemacht, aber **ER** war nicht dabei. Eine halbe Million Euro, Goldbarren im Wert von zurzeit fünfhundertfünfzigtausend Euro; und Schmuck im Wert von nur fünftausend Euro."

Ali5: „Ich war ja der Jüngste, aber ich hatte alle Aufgaben erledigt. Leider habe auch ich **IHN** nicht gefunden, sondern nur sechszigtausend Euro und Schmuck im Wert von vierunddreißig Euro.

Der alte Hausbewohner fing an zu klatschen, und alle anderen klatschten mit, um dem Jüngsten die Anerkennung zu geben, die er verdiente.

Ali6: „Leider hatte auch ich **IHN** nicht gefunden; nur vierhundertfünfzigtausend in Euro und Dollar, Goldbarren und einige Goldmünzen und Schmuck zusammen ungefähr einhundertachtzigtausend Euro."

Ali7: „Auch ich hatte **IHN** nicht gefunden, jedoch hatte ich Geld und Schmuck im Wert von zweihundertachtundfünfzigtausend Euro bekommen."

Ali8: „Meine Ausbeute sind Gold für zweiundvierzigtausend, in bar vierundsechzigtausend Euro. **ER** war nicht dabei."

Ali9: „Ich musste zwei große Häuser durchsuchen, aber leider hatte ich **IHN** nicht gefunden, sondern nur Geld und Schmuck im Wert von einhundertachttauendfünfhundert Euro."

90

Ali10: „Ich kann auch kein positives Ergebnis über **IHN** berichten. Nur Geld, Gold und Schmuck konnte ich umsetzen zu dreiundneunzigtausend Euro."

Ali11: „Auch ich hatte **IHN** nicht gefunden. Ich bringe nur zehntausend Euro für den Schmuck und das Geld, das ich gefunden hatte."

Ali12: „Schmuck im Wert von sechsundsechzigtausend Euro. Aber **ER** war leider nicht dabei. Dann hatte ich noch siebenunddreißig Euro."

Alli13: „Alles zusammen hatte ich einhundertsiebentausend. Aber **IHN** hatte ich nicht dabei."

Der ältere Herr stand auf und sprach: „Ich weiß, dass ihr euch alle angestrengt habt. Ihr habt über 3 Millionen zusammengetragen. Es macht mich sehr traurig, dass **ER** nicht dabei war. **ER** war etwas Besonderes, und ich lasse mir ungerne etwas wegnehmen, das mir gehört.

Ali16, der Sohn von Ali3, hatte alle Internetinformationen der Reederei zusammengetragen. In Fremantle waren nur diese Passagiere, denen ihr einen Besuch abgestattet hattet. Einige Passagiere waren an Bord geblieben und 16 Busse mit Passagieren waren nach Perth oder anderswo hingefahren ohne Fremantle zu besuchen. Wenn einer eine Idee hat, wo wir noch suchen könnten, lasst es mich wissen."

Die erste Frage aus dem Kreis der Anwesenden kam prompt: „Wie sicher war denn die Verkäuferin in Fremantle?"

„Ihr wisst doch, dass auch dort eure Verwandten gute Arbeit leisteten und haben alles vor Ort direkt

91

überprüft. **ER** ist nicht da! Dummerweise war eine Verkäuferin da, die nicht zu unserem Clan gehört und nicht eingeweiht war. Aber sie hatte uns wenigstens den Hinweis geben können, auf welchem Schiff die Frau fuhr, die ihn kaufte. Sie hatte ihn sofort über den Ringfinger der linken Hand gestreift. Und so konnten wir die 51 Adressen der Passagiere verifizieren, die dafür in Frage gekommen waren."

Ungeplant kam die Frau des älteren Herrn mit einer bekannten deutschen Tageszeitung herein. In dicken roten Lettern stand da: *Ein Fingerabschneider hat zugeschlagen*. Im Text konnte man unter anderem lesen, dass in einer Stadt in Norddeutschland ein Raubüberfall verübt wurde. Währenddessen wurde der Frau der Ringfinger der linken Hand abgetrennt.

Der ältere Herr meint dazu: „Die deutsche Polizei ist blöd - ob die jemals herausbekommen, dass es öfter geschehen ist und es einen Zusammenhang gibt, sei dahingestellt. Wenn überhaupt brauchen die Jahre für ihre Untersuchungen und Sonderausschüsse. Ich frage mich nur noch, wo **ER** ist? Ich gebe die Suche nicht auf. Ich denke noch einmal intensiv darüber nach, was da geschehen ist."

So blöd war die Polizei doch nicht. Sonderbare ungeklärte Fälle sollten immer beim BKA in Wiesbaden landen. Auch der Fall, der in der bekannten deutschen Zeitung publiziert war, kam auf einen der Schreibtische des BKA in Wiesbaden.

Daraufhin waren zu allen Polizeistationen Anfragen unterwegs, mit der Bitte um Mitarbeit. Offiziell ging es immer nur um ein und denselben Fall, doch immer

92

häufiger wurden unterschiedliche, dennoch ähnliche Fälle gemeldet. Man holte überall die Fälle der letzten Wochen hervor,- an die man sich noch erinnerte, und alle Unterlagen wurden in Wiesbaden beim BKA gesammelt. Es waren alles Raubüberfälle und im Normalfall wurde den Frauen der linke Ringfinger abgeschnitten. Zweimal einem Mann. Einmal einem Herrn, der am Tag des Überfalls seine Frau beerdigt hatte, und der andere hatte seine Frau einige Wochen vorher beigesetzt. Mitte April hatte man schon neunundvierzig Fälle. Auch gab man ein Hilfeersuchen an Europol. Aus Wien kam die Information, dass in Österreich zwei Fälle bekannt waren. Also waren es mit den österreichischen Verbrechen einundfünfzig bekannte Fälle.

Akribisch wurde nach einem gemeinsamen Nenner gesucht. Überall forderte man nun die verwertbaren Fingerabdrücke und DNA-Spuren, soweit vorhanden, an. Auch sammelte man die Täterbeschreibungen. Die Forensik arbeitete auf Hochtouren. Verglichen wurden alle Daten mit bereits bekannten Daten. Man analysierte kriminelle Handlungen und erstellte Täterprofile, sogar band man auch die Forensische Psychiatrie mit ein.

Man kam nach intensiver Arbeit zu folgenden vorläufigen Ergebnissen:
Alle Überfälle waren äußerst brutal und man nahm in Kauf, dass Menschenleben zu Schaden kamen. Einundzwanzig Todesfälle sind zu verzeichnen. Jedoch kein einziger Mord. In jedem Haushalt verlor eine

Person den Ringfinger der linken Hand. Keiner der Verbrecher war der Polizei bekannt.

Die Tätigkeitsprofile wurden wie folgt zusammengestellt:

1. Täter in Hamburg/ München/Passing
Ca. 180 cm groß, 40 Jahre, Narbe auf der Stirn, schwarze Haare und langer Vollbart

2. Täter in Trechtingshausen/Passau/Passau
175 cm, 30-40 Jahre, Akne-Narben, gewellte schwarze ölige Haare

3. Täter in Vorort v. Bremen/Karlsruhe
Ca 30 Jahre, 180 cm, schwarze gegelte Haare, getrimmter und Vollbart

4. Täter in Flensburg/Bayreuth/Zwickau
Ca 2 m, 30 Jahre, eierförmiger Kopf, schwarzer Bart und ölige Haare

5. Täter in Rostock/Mannheim/Düsseldorf/Köln
Extrem schlank, 20-30 Jahre, 170-175 cm, kleine Tätowierung auf der linken Wange unter dem Auge, schwarze Haare und Bart

6. Täter in Mainz/Ulm/Plauen/Mirow
Ca. 30 Jahre, 180cm, glatte pomadige schwarze Haare, schwarzer Bart, stechend hellblaue Augen

7. Täter in Odenwald/ Freiburg/Strahlsund
Ca. 40 Jahre, 190 cm, schwarzer langer Vollbart, schwarze pomadige Haare eventuell gefärbt

8. Täter in   Nürnberg/Grimmen
50 Jahre, 170 cm, Glatze, schwarzer Bart, sehr schlechtes deutsch
9. Täter in   Warnemünde/Markgrafenheide
50 Jahre, ca. 2 m, Glatze, schwarzer, mittellanger Vollbart
10. Täter in   Berlin/Berlin/Düsseldorf/Augsburg
40 Jahre, 190 cm Tätowierungen an allen Mittelgliedern der Finger, schwarze pomadige Haare, langer, dunkler Bart
11. Täter in   Leutkirch Bodensee
1,75 m, ca. 40 Jahre, Tätowierungen an beiden Unterarmen, schwarzer Bart und Haare
12. Täter in   Hannover/Kempten im Allgäu/Singen/Tuttlingen/Ludwigsburg /Ludwigsburg/Wien/Graz
2 m groß, ca. 30 Jahre, schwarze Haare, schwarzer mittellanger Bart, lange Nase
13. Täter in   Leipzig/Taucha/Altenburg/Darmstadt
Ca. 40 Jahre, 190 cm, kurze schwarze ölige Haare, schwarzer mittellanger Bart

Irgendwie mussten die Täter doch an die Adressen gekommen sein, denn die Auswahl war scheinbar nicht willkürlich.

Man fand heraus, dass alle Opfer im Winter eine Weltreise auf einem Kreuzfahrtschiff gemacht hatten. Mit hoher Wahrscheinlichkeit hatten die Täter das Computersystem der Reederei geknackt, um an die Daten zu gelangen.

Es stand zu befürchten, dass noch mehr Fälle gemeldet wurden. Auf so einem Schiff, auch wenn es als klein eingestuft war, hatten bis zu 1500 Passagiere Platz. Auch gab es bis zu 1000 Besatzungsmitglieder.

Man wartete also zuerst einmal ab. Als nach zwei Wochen keine weiteren Meldungen mehr kamen, suchte man verzweifelt, was diese Personen zusammen erlebt hatten. Auf der gesamten dreimonatigen Reise gab es viele Möglichkeiten. Ob an Bord oder während der zahlreichen Landgänge.

Die Reederei war behilflich, indem sie all ihre Daten für diese Reise zusammenstellte und nach Wiesbaden übermittelte. Man berücksichtige auch die Mannschaft.

Man forderte von der gesamten Mannschaft aktuelle Fotos aus den Personalakten an. Die Beamten überprüften, ob eine Person zu finden war, auf die eine Beschreibung passte. Auch überprüfte man, wo sich diese Personen während der Zeit der Überfälle aufgehalten hatten. Es waren ungemein viele Daten. Recht schnell war klar: Keiner der Mannschaftsmitglieder kam in Frage. Zum Glück gibt es beim BKA in Wiesbaden einen Computer-Spezialisten, der alle Daten einlas und analysieren konnte.

In der Besprechung am übernächsten Tag teilte der Computer-Spezialist des BKA die Ergebnisse mit: „Alle

96

waren in Papeete von Bord gegangen; jedoch nahmen einige an verschiedenen Ausflügen teil. Aber alle hatten die Gelegenheit, in Papeete Kontakte aufzunehmen, da das Schiff ja mitten in der Stadt vor Anker ging. Auch waren alle Überfallenen in Fremantle zum Landgang abgemeldet, das heißt, alle waren irgendwie in der Stadt unterwegs. Da eine Rettungsübung an Bord für die Mannschaft angesetzt war durfte kein Besatzungsmitglied das Schiff verlassen. Es gab An- und Abreisen, die aber direkt mit dem Bus nach und von Perth aus gemacht wurden."

Die Ermittler hatten herausgefunden, was die Einzelnen in Fremantle unternommen hatten; vielleicht half das weiter. Folgende Tätigkeiten hatten die Touristen in Fremantle gemacht: Einkäufe, Besichtigung, Essen gehen, Stadt erkunden, Museumsbesuche, und die vier Berliner waren nur spazieren.

„Eine Frau aus Trechtingshausen", fuhr der Computerfachmann fort, „war nicht in Fremantle. Sie wurde zwar überfallen, jedoch fanden wir den Familiennamen nicht auf der Passagierliste; die Adresse war vorhanden. Wir haben überprüft, ob die Frau vielleicht es kürzlich geheiratet hat. Dies ist nicht der Fall. Die Dame ist Witwe und war nicht in Urlaub, sondern ging in dieser Zeit ihrem Beruf nach. Es könnte sich hier um einen Buchungs- oder Schreibfehler handeln. Aber sonderbar ist es dennoch. Also kann nichts in Fremantle geschehen sein, weshalb man die Leute überfallen hatte. Sonst hatten wir keine Gemeinsamkeiten entdeckt. Vielleicht sollten wir noch einmal in Hamburg den Start des Schiffes überprüfen. Eventuell gab es in Hamburg etwas Ungewöhnliches. Dies konnten wir aus Zeitmangel noch nicht erledigen."

Man konstatierte: Wenn nicht noch ein Wunder geschah, würden sie wohl das Warum der Taten herausfinden.

Die Ermittlungen führten nicht richtig weiter, doch wie so oft brachte Kommissar Zufall ein bisschen Licht in die Sache.

Frau Wanda Wand aus Ingelheim, welche namentlich auf der Liste stand, aber nicht überfallen worden war, hatte zeitgleich zu der Presse-Meldung ein besonderes Erlebnis.

Sie fuhr mit ihrem Memoire-Ring, den sie in Fremantle gekauft hatte, über ihr Cerankochfeld. Sie machte einen sehr tiefen Kratzer. Das konnte doch jetzt wirklich nicht sein. Er sah zwar aus wie echter Diamantring, aber es waren doch nur Glassteine. Es waren ja wohl keine Zirkonia und schon gar keine Diamanten. Sie hatte ihn für nur achthundert australische Dollar erstanden. Die Glassteine glänzten wie echte Diamanten. Ab dem Kauf trug sie ihn ständig an der linken Hand, da sie ja rechts am Mittelfinger ihren großen Drachenring aus Singapore hatte. Sie hatte ja schon einen Memoire-Ring mit echten Brillanten, zwar kleiner und nicht so protzig, aber dieser Ring mit Baguette-Steinen sprach mit ihr von Anfang an. Es war der Ring, von dem sie schon immer träumte. Jetzt hatte sie ihn; auch wenn es nur Glassteine waren.

Der tiefe Kratzer in ihrem neuen Ceranfeld war ärgerlich, machte sie aber auch stutzig. Sie kaufte sich ein Diamantenprüfgerät, um die Steine zu testen.

98

Bingo! Alle Steine waren echte Diamanten. Aber wie konnte das sein? Die Verkäuferin in Australien hatte ihr nach Rückfrage nur gesagt, dass es keine Zirkonia seien, und sie dachte für sich, ok- dann ist es halt Glas in vierzehnkarätigem Gold gefasst. Egal, er glänzt wie echt.

Die Verkäuferin fragte Frau Wand, wo sie herkomme. Frau Wand teilte ihr ohne Bedenken sogar den Namen des Schiffes mit, mit dem sie ihre Weltreise machte. Frau Wand freute sich immer, wenn sie ihr Englisch trainieren konnte.

Also konstatierte Frau Wand: Sie war mit dem Schiff auf Weltreise, war in Fremantle, hatte noch ihren Ringfinger. Die Nachbesitzerin ihrer alten Wohnung wurde auch brutal überfallen. Auch ihr wurde der Ringfinger an der linken Hand entfernt. Die Frage, was zu tun sei, stand im Raum.

Als nächstliegende Lösung besprach sie sich mit einem Rechtsanwalt in Wiesbaden, der mit einem gewieften Privatdetektiv zusammenarbeitete.

Der Rechtsanwalt informierte in Absprache mit Frau Wand sofort das BKA. Am nächsten Tag trafen sie sich alle in Eltville im Rheingau zum Mittagessen.

Von dem Rechtsanwalt wusste Frau Wand, dass es einen so genannten Finger Abschneider gab. Und man hatte jetzt die Vermutung, dass ihr Ring derjenige sei, hinter dem die Täter her waren. In Eltville nahmen an der Besprechung teil: ein BKA-Mann, sowie ein Sachverständiger vom BKA, Frau Wand, der Rechtsanwalt in Begleitung seines Privatdetektives.

Der Sachverständige sollte sich den Ring einmal genau ansehen und sein Urteil fällen. Noch bevor das

Hauptgericht gereicht wurde, stand sein Urteil fest: Alle Diamanten waren echt und hatten teilweise charakteristische Einschlüsse. Der BKA-Beamte hinterfragte das Wort „charakteristisch" in Bezug auf die Diamanten. Es gab bei allen legendären, großen Diamanten fast immer Einschlüsse, woran man sie erkennen konnte. Auch die Wachstumsstruktur war entscheidend.

Der Sachverständige ging davon aus, dass es sich hier um heruntergeschliffene Baguette-Diamanten aus großen Diamanten handelte – ein Jammer – ein großer Verlust!

„Kann man noch nachvollziehen, wo diese Diamanten her sind?", fragte der Detektiv, und der Sachverständige meinte: „Ich muss zuerst einmal weltweit Fotos und Expertisen von legalen und allen gestohlenen Diamanten in den Größen ab 3,0 Karat besorgen, bevor ich etwas sagen kann. Außerdem muss ich die Steine im Ring noch genau untersuchen und fotografieren."

Das Hauptgericht kam. Es sprach niemand, solange man aß.

Während der Nachspeise fragte der Detektiv Frau Wand: „Ich müsste mir alle Orte, von denen sie sprachen, einmal genau anschauen. Auch bitte ich Sie, mir alles haarklein bis zum heutigen Tag zu erzählen. Ich muss mir von allem ein Bild machen."

„Wenn Sie das müssen, dann kommen Sie doch am besten einmal zu mir, und ich kann Ihnen alles vor Ort zeigen", entgegnete Frau Wand dem smarten Detektiv.

Der Chef vom BKA verabschiedete sich mit den Worten: „Sie werden von uns hören."

Am nächsten Tag kam der Detektiv nach Ingelheim in ihre Wohnung, und sie erzählte zum vierten Mal ihre Geschichte, jedoch etwas ausführlicher.

„Nach dem Tod meines Mannes verkaufte ich meine fast 200 Quadratmeter große Wohnung in Trechtingshausen. Mangels gültiger Adresse nahm ich mir ein Postfach. Ich kaufte mir in Ingelheim diese neue Wohnung. Die neue Wohnung befand sich leider noch im Rohbau. Ich fand folgende Zwischenlösung für mich: Vier Wochen wohnte ich in einem Luxushotel in Stromberg, dann ging ich für 3 Monate auf Schiffs-Weltreise. Danach war ich anschließend noch 3,5 Wochen ins Golf- und SPA-Hotel in Stromberg. 80 % des Wohnungsinhaltes spendete, verschenkte oder vernichtete ich, der Rest wurde eingelagert. Ehrlich gesagt, dachte ich nicht daran, mich umzumelden - wohin auch? Also war ich fast ein halbes Jahr wohnungslos und gemeldet bei der alten Adresse. Während der Weltreise kaufte ich diesen Memoire-Ring. Ich hatte ja schon einen der rundum mit Diamanten besetzt war. Jedoch ein Ring mit Baguette-Diamanten war mein Traum. Und jetzt lag er vor mir. In vierzehnkarätigem Gold gefasst mit zweiundzwanzig Baguette-Steinen. Es war mir gleich, welche Steine es waren, denn bei einem Preis von achthundert australischen

Dollar konnten es höchstens billige Zirkonia-Steine sein. Ich fragte die Verkäuferin, ob es denn Zirkonia-Steine seien, aber sie verneinte. Also Glas, dachte ich. Der Ring war dennoch wunderschön mit seinen umlaufend gefassten Steinen jeder in Baguette-Form, brillant geschliffen, funkelnd wie echte Diamanten. Jeder Stein war ungefähr 2,0 Karat groß. Er war einfach wunderbar, aber auch protzig. Die Verkäuferin wollte wissen, wo ich herkam. Ohne Bedenken erzählte ich ihr, dass ich aus Deutschland sei und derzeit eine Weltreise mache. Ich nannte ihr auch den Namen des Schiffes. Geplant hatte ich, in Australien von Bord zu gehen, um Freunde am Rande des Outback zu treffen. Da überall im Land große Brände die Beweglichkeit stark einschränkten, blieb ich weiter auf dem Schiff. Es war kostspielig, alle anderen Buchungen wie Rückflug, Hotelbuchungen in Corowa, Melbourne, Singapore verfallen zu lassen. Es war ein hoher Verlust. Ich fuhr aber nicht um Afrika herum nach Hamburg zurück, sondern verließ in Mauritius das Schiff. Nach einer Übernachtung in Flughafennähe flog ich nach Frankfurt zurück. Alles verlief also anders als geplant." Nach einer Pause sagte sie: „So, das war jetzt meine ganze Geschichte. Sehen sie einen Ansatzpunkt – ich nicht."

Der Detektiv entgegnete: „Das erklärt zumindest, warum man sie nicht überfallen hatte, sondern die Nachbesitzerin ihrer Wohnung – man hatte sie einfach nicht gefunden. Die Verbrecher hatten sich nur an den Adressen orientiert. Vielleicht konnte der

102

Verbrecher auch nicht richtig lesen? Aber wir sollten jetzt unbedingt an die anderen Orte hier im Umkreis fahren, die Sie benannt haben."

Warum er diese Orte sehen wollte, erschloss sich ihr nicht, aber sie tat, was er wünschte.

Sie zeigte ihm noch das Hotel in Stromberg. Auch fuhren sie an das frühere Haus, in dem sich im ersten Stock die alte Wohnung befand. Eine frühere Nachbarin hatte Frau Wand wohl im Auto erkannt und kam auf sie zu mit den Worten: „Sei froh, dass du weg bist, du hast bestimmt gehört, dass in eure frühere Wohnung wieder eingebrochen wurde. Aber diesmal schlimmer als bei euch vor 8 Jahren. Wie ich gehört habe, hat man der neuen Nachbarin ja einen Finger abgeschnitten und die armen Hunde vergiftet. Ihr habt es wahrscheinlich eilig, und ich muss Wäsche bügeln; macht's gut! Tschüss!"

Der Detektiv meinte noch: „Sehr nette, mitteilsame Nachbarn hatten Sie hier."

Am übernächsten Tag erhielt sie einen Anruf vom BKA. Man bräuchte ihren Ring und würde sie um 11 Uhr abholen. Sie bat darum, den Transfer in einem neutralen Auto zu machen. Ein Polizeiauto würde zu viel Aufmerksamkeit erregen.

Keiner sollte ihren Ring bekommen, denn sie hatte ihn ehrlich erworben. Seit dem Kauf hatte sie ihn nie mehr abgelegt. Sie hatte ja einen Beleg. Dass der Ring ihr alleiniges Eigentum war. Dies hatte ihr Anwalt bestätigt.

103

Der Spezialist des BKA empfing sie sehr freundlich und bat sie, den Ring auszuziehen, damit er ihn von allen Seiten Stein für Stein fotografieren konnte. Dies erlaubte sie, und da sie ja einmal eine Ausbildung zur Laborantin gemacht hatte, war ihr Interesse an den Kriminalmethoden des BKA groß.

Bei manchen Steinen war es äußerst schwierig, und man bat sie, Steine ausfassen zu dürfen, was sie verneinte. Ja sie hatte Angst, dass er nie mehr so schön aussehen würde. Man verstand es zwar nicht, aber akzeptierte ihren Wunsch.

Die Informationen der untersuchten Steine reichten aus, um einige Baguette zuzuordnen. In den USA gab es zwei gemeldete Raubzüge, die nie aufgeklärt wurden.

Ein 35-Karäter wurde bei einer Dinner-Party in New York gestohlen. Der andere Stein hatte auch eine gewaltige Größe von 38 Karat. Er stammte ursprünglich aus einem alten Adelshaus. Einem Amerikaner wurde dieser Stein aus einem Safe in Lichtenstein gestohlen. Beide hatten markante Einschlüsse, der 35-Karäter mehr als der 38-Karäter. Allein aus diesen Steinen konnte man schon einige 2,0-Karäter schleifen. Der Spezialist konnte nachweisen, dass verschiedene Baguette-Steine daraus gefertigt wurden. Auf Grund der Einschlüsse konnte man die Baguette-Steine den großen gestohlenen Steinen, die jeder mehr als fünfzig Millionen Euro gekostet hatten, zuordnen.

Manche waren leicht gelblich. Bei vier Steinen war er sich nicht sicher.

104

Drei Steine waren lupenrein und konnten einer Mine in Südafrika zugeordnet werden.

Zwei weitere Steine konnten mutmaßlich einem Collier eines Diebstahls in Dresden zugeordnet werden. Der Raub des Schmuckes im „Grünen Gewölbe" in Dresden wurde auf der ganzen Welt publiziert.

Es war ein gewaltiger kunsthistorisch wertvoller Schaden. Etwa 75 Prozent der stark beschädigten Beute aus dem „Grünen Gewölbe" waren ja schon sichergestellt, und einige Leute aus einem Clan saßen in U-Haft. Jedoch der große 50-Karäter fehlte noch.

Das alles waren schon wichtige Hinweise; aber die Frage „Wer waren die „Finger-Abschneider" stand immer noch im Raum.

Nun diskutierte das BKA alle Fakten, die auf dem Tisch lagen. Sie kamen zu dem Entschluss, dass man die weltweit tätige Interpol-Organisation informieren muss, da ja wohl mehrere Länder involviert waren.

Der Edelstein-Spezialist hatte neue Erkenntnisse zu berichten, und in einer kurzfristig angelegten Besprechung mit Telefonzuschaltung zu Interpol wurden folgenden Erkenntnisse bekannt gegeben:

„Es müssen unzählige Täter, man schätzt zwischen fünfzehn und zwanzig Personen, gewesen sein; da oft zeitgleich an verschiedenen Orten zugeschlagen wurde. Alle gingen irgendwie nach dem gleichen Prinzip vor. Dies lässt vermuten, dass es auch ein Clan ist, dessen Mitglieder im Auftrag handelten. Auch das ‚Finger abschneiden' war wohl Teil des Auftrags –

aber warum? Auch vermuteten wir, dass man etwas Bestimmtes suchte und die Beute nur Beiwerk war. Aber was suchte man?" Die Wahrscheinlichkeit, dass es der Ring von Frau Wand war, wurde vor diesem Hintergrund immer höher.

„Die Schliffe der Baguette-Diamanten sind einfach auszuführen. Wenn man die großen Diamanten richtig spaltet, hat man auch wenig Verlust. In Indien gibt es unzählige Edelsteinschleifereien, die dazu in der Lage wären. Da die Leute sehr arm sind, kann man sie bestimmt mit Geld für illegale Arbeiten locken. Die Baguette-Steine gefasst in einem Ring hat man dann wohl einfach ohne Probleme auf einem Flug nach Australien mitgenommen. Frau Wand aus Ingelheim hatte ja auch keine Probleme, den Ring von Mauritius nach Frankfurt zu bringen."

Interpol bat darum, doch noch alles schriftlich nach Lyon zu schicken, damit man die Daten auch abgleichen konnte.

Auch Interpol hatte noch eine Bitte. Sie hielten es für unbedingt notwendig, das FBI in New York zu informieren. Dort wurde der 35-Karäter gestohlen. Auch die Besitzerin des 38-Karäters lebte in den USA. Man musste mit ihnen zusammenarbeiten.

Die Suche nach den Tätern lief schleppend.

Und wieder half der Zufall. Wochen später las man beim BKA eine Meldung aus Berlin. In einem kleinen

106

Dorf bei Berlin erzählte in einem Wirtshaus ein ange-
trunkener Mann von seinen seltsamen Nachbarn.

„Nie hatten diese Leute Besuch, und dann wieder ist
die gesamte Straße zugeparkt durch fette, schwarze
Limousinen. Das war jetzt im Abstand von zwei Wochen zweimal. Es waren alles Männer, die in das Haus
des Nachbarn gingen. Nach eineinhalb Stunden verließen alle wieder das Haus, bestiegen die Autos und
fuhren davon."

Dies hörte ein pensionierter Polizist und erzählte es
wiederrum während einer Kegelrunde seinen Kolle-
gen. Einer davon kam auf die glorreiche Idee, wegen
der Merkwürdigkeit des Vorgangs die Polizei zu informieren.

Und von dort machte ein aufmerksamer Sachbearbei-
ter eine Meldung ans BKA in Wiesbaden. Nun endlich
hatte das BKA eine Perspektive. Eine kriminelle Verei-
nigung mochte dahinterstecken. Welchen Fall sie
dadurch lösen konnten, wussten sie nicht. Die Beamten glaubten eher an Drogendelikte beziehungsweise
Prostitution.

Wochenlang observierte man das Haus, doch nichts
geschah.

Dem Privatdetektiv ließ es keine Ruhe, dass man den
Fall mit seiner Frau Wand nicht klären konnte. Er kam
auf die Idee, den „Finger-Abschneidern" eine Falle zu
stellen. Das BKA war nicht begeistert von dem Plan,
da dieser vorsah, dass man publizierte, warum es die

„Finger-Abschneider" gab. Den bestimmten Ring wollten sie doch scheinbar haben.

Der Detektiv Paul verpflichtete sich, Frau Wand nicht aus den Augen zu lassen. Zur Verwunderung des BKA willigte Frau Wand ein, und ab sofort wurde sie nicht nur von dem Detektiv, sondern auch vom BKA beschützt. Detektiv Paul lebte mit Frau Wand zusammen in ihrer 3-Zimmer-Wohnung in dem 11-Familienhaus. Die Tür- und Briefkastenschilder wurden abgeändert in Fam. Wand. Natürlich sprachen sich Frau Wand und Detektiv Paul ab sofort mit einem Du an. Die anderen Hausbewohner beglückwünschten sie zu ihrem neuen Lebenspartner.

Sie teilten nicht nur das Essen, sondern auch das Bad miteinander. Sie unterhielten sich häufig bis spät in die Nacht. Kochten gemeinsam und stellten fest, dass sie fast den gleichen Geschmack hatten. Häufig blätterte Paul in ihren alten Fotobüchern und meinte eines Tages: „Du bist ja viel in der Welt herumgekommen."

Die Wohnung war modern zugeschnitten. Man betrat einen Flur durch die Eingangstür. Nach 1 m führt rechts eine Tür ins Büro. Nach ca. 1,60 links ist die Gästetoilette. Der Flur bog rechtwinklig links ab, und so kam man in das Wohn/Esszimmer und in eine offen gestaltete Küche. Auch führte von diesem Flurstück noch links eine Tür zum Hauswirtschaftsraum. Gegenüber der Eingangstür war die Schlafzimmertür, links daneben die Badezimmertür. Vom Wohnzimmer aus konnte man einen etwa 8 Quadratmeter großen

108

Balkon betreten, auf welchem rechts und links Sitzmöbel angeordnet waren, in der Mitte stand noch ein Klapptisch.

Andere zu belügen, lag ihr nicht, aber wenn es denn der Sache diente, musste es wohl sein. Auch Paul empfand die Lügerei als nicht angenehm. All ihre Bekannten hatten den Auftrag, sie mal in Ruhe zu lassen, da ihr neuer Freund eingezogen war, und sie wollten mal ihre Zweisamkeit genießen. Oftmals hatte sie den Eindruck, dass es Paul gar nicht unangenehm war, für ihren Freund gehalten zu werden. Sie hatte also eine „sturmfreie Bude" – aber Sturm wollte sie ja nun wirklich nicht – was dennoch zu befürchten war.

Über Funk waren sie mit zwei BKA-Beamten verbunden, die ihnen jede ungewöhnliche Bewegung auf der Straße meldeten. Die BKA-Beamten waren als Feuerwehrmänner getarnt und liefen ständig auf dem zur Straße liegenden Hof der gegenüberliegenden Feuerwache herum.

Die Paketboten waren es ja gewohnt, bei ihr nicht zu klingeln, da sie nichts bestellte oder für andere Pakete annahm. Also wenn tatsächlich einer klingelte, musste sofort Alarm ausgelöst werden.

Wieder wurden in großen Lettern die lancierten Informationen in der bundesweit agierenden Zeitung abgedruckt: *Fingermörder sucht Ring* und *Ring-gefunden in Ingelheim*.

Mehr Informationen sollte es nicht geben. Als nach fünf Tagen noch nichts geschehen war, schoss man mit riesigen roten Buchstaben nach: *„Wanda W.-Wunder: Ring für 800 Dollar gekauft, ist über eine Million Euro wert."*

Der Clan-Chef fand den Namen Wanda Wand in der Bordliste. Es war die Frau, die in Mauritius von Bord gegangen war. Er hatte den Fehler gefunden. Nur die Adressen zu besuchen, ohne mit dem Namen abzugleichen, war ein grober Fehler gewesen. Sie hatten jetzt den Namen und die Stadt, in der sie lebt. Für uns kein Problem, dachte er sich und übersah die offensichtliche Falle. Die Gier nach dem Ring ließ keine Alarmglocken läuten. Er schickte Ali7 und Ali13 los, da sie ja im Rhein-Main-Gebiet lebten und sowieso die Besten waren. Auch sie hatten die Zeitung gelesen und waren schon auf ihren Einsatz vorbereitet.
Schon nachmittags geschah Folgendes: Frau Wand und Paul gingen aus der Wohnung eine Treppe hinunter in die Tiefgarage. Dort bestiegen sie ihr Auto und fuhren langsam in Richtung automatisches Rolltor. Als sie den Öffner betätigen, stand ein Mann vor ihnen und wollte sie an der Ausfahrt hindern. Die „Feuerwehrleute" kamen über die Straße gerannt und griffen sofort ein. Der große, dunkelhaarige Mann wehrte sich. Er schlug einen Feuerwehrmann nieder. Paul sprang hinzu, und sie konnte ihm nur noch hinterherrufen: „Gib Acht der hat eine Nahkampfausbildung!" Nachdem der wilde Mann kampfunfähig gemacht war, klärte Frau Wand sofort auf. „Dieser schimpfende Mann ist ein geschiedener Mann von mir.

110

Woher er diese Adresse hat, und was der hier will, ist mir unerklärlich. Am besten, Sie nehmen ihn mit und verhören ihn!"

Das Verhör erbrachte Folgendes: Er hatte von Wanda W. in der Zeitung gelesen. Da Wanda ja ein seltener Name war, hatte er sofort gewusst, dass dies seine geschiedene Frau mit Mädchennamen sein musste. Er wollte auch was von dem fetten Ring abhaben. Sie hatte ihn bei der Scheidung so ausgenommen, dass er das für sich beanspruchen konnte. Aber wieso die Feuerwehrleute sofort die Polizei riefen, kam ihm sonderbar vor. Der Kripobeamte entschied, dass dieser Mann ein Risiko darstellte, und ließ ihn bis auf Weiteres in eine Zelle einweisen: Anklage: Bedrohung verschiedener Personen, darunter die Ex-Ehefrau inkl. neuem Lebensgefährten sowie 2 Feuerwehrleute mit Körperverletzung. Natürlich tobte er. Aber es half ihm nichts. Ein Pflichtanwalt wurde für den nächsten Tag zugesagt. Als ausgebildeter Kampfschwimmer durfte er niemanden zusammenschlagen, auch wenn die Ausbildung lange zurücklag. Sie lernten da, mit einem Schlag einen Menschen zu töten.

Anscheinend hatten doch viele, die Wanda kannten, in der Zeitung den Namen Wanda. W. gelesen. Sie riefen zuhauf an, da sie wissen wollten, ob sie das war. Natürlich verneinte sie. Ab und zu ging auch der Detektiv ans Telefon und gab sich als der Lebensgefährte Paul aus. Es war wirklich nicht so einfach, Gott und die Welt zu belügen.

Über Sprechfunk melden sich die getarnten Feuerwehrleute: „Mann mit Rosenstrauß."

In diesem Moment klingelte es auch schon, und Wanda ging zur Tür, schaute auf das Micky-Mouse-Fernsehen der Sprechanlage. Es war ihr zweiter Ehemann, dem sie die Tür öffnete. Paul stand hinter ihr, als sie die Wohnungstür aufmachte. Er verwehrt dem Ex Nummer zwei den Zugang zur Wohnung mit den Worten. „Aha, so lerne ich Sie auch mal kennen; aber sind Sie uns nicht böse, meine Frau und ich haben jetzt wirklich keine Zeit. Eventuell in einer Woche nach vorheriger Anmeldung." Der Ex war so schockiert, dass es kein Problem war, die Tür wieder zu schließen, nachdem sie ihm den Blumenstrauß entrissen hatte.

Nach einer Weile fragte Paul Frau Wanda: „Wie viele Ex-Ehemänner tauchen denn noch auf?"

Sie konnte ihn beruhigen. „Mein dritter und letzter Ehemann kann uns nicht stören; er ist eines natürlichen Todes gestorben und eingeäschert.

Außer Telefonanrufen geschah die nächsten Stunden nichts. Paul und sie kochten Gulasch schön scharf. Über den Geschmack und die Schärfe waren sie sich einig.

Sie scherzten und lachten viel, als sich kurz vor neunzehn Uhr die BKA-Feuerwehrmänner meldeten. „Unsere Ablösung kommt um sieben - was ist denn das jetzt? Ein Pizza-Mann und ein Paketbote auf einmal. Sie klingeln."

112

Frau Wand entgegnete: „Bei uns nicht."

Doch kurz danach tat es einen furchtbar lauten Knall. Paul und sie waren sofort im Alarmmodus. So schnell konnten sie die Dinge, die sie in den Händen hielten, nicht weglegen, als zwei bösartig aussehende Männer im Raum standen. Ohne Vorwarnung schlugen sie Paul nieder. Sie ergriffen Frau Wand, legten ihre Hand auf den Tisch und einer der beiden holte ein Teppichmesser aus der Hosentasche. Ihr zitterten die Knie, und sie fiel in Ohnmacht.

In einem Bruchteil von Sekunden stürmten drei Feuerwehrleute in die Wohnung und überwältigten die zwei Gangster, die gerade vorhatten, Frau Wand den Finger abzuschneiden.

Es ging alles sehr schnell. Frau Wand und auch Paul kamen wieder zu sich. Auf einmal war ein vierter Feuerwehrmann im Raum. Die Verbrecher lagen mit Handschellen und Fußschellen versorgt am Boden. Bevor man die Einsatzzentrale in Wiesbaden informierte, waren schon andere Polizisten da. Wo die jetzt so schnell herkamen, wusste niemand. Wahrscheinlich ging sofort eine Warnung an die Zentrale der ortsansässigen Polizei.

Die ersten Worte von Paul: „Das hätte auch schiefgehen können!"

Einer der Feuerwehrleute meinte noch: „Gut, dass gerade unsere Ablösung kam, denn somit waren wir zu viert. Wer konnte denn auch ahnen, dass die gleich zu zweit kommen."

Ein anderer meinte: „Du sagst es. Ich habe die anderen Einwohner, die sich im Flur angesammelt hatten, wieder in ihre Wohnungen geschickt. Sie sind aber erst gegangen, nachdem ich ihnen mitgeteilt habe, dass wir Polizisten hier sind und den Auftrag haben, die Frau Wand zu schützen."

Nachdem die Leute vom BKA mit Unterstützung der Ortspolizei die Gangster abtransportiert hatten, kümmerte sich Paul um einen Schreiner, der spätabends die ramponierte Tür provisorisch reparierte. Man klärte alle Nachbarn über die gesamte Aktion auf. Erst als dies erledigt war, meinte Paul: „Bevor ich jetzt gehe, essen wir aber bitte noch das prima Gulasch."

Es war es 24 Uhr, als sich Paul verabschiedete.

Natürlich stand am nächsten Tag in der Zeitung in großen Lettern: „Zwei ‚Fingerabschneider' gefasst!" Das war der Deal des BKA mit den Journalisten gewesen.

Das BKA fand heraus, dass die zwei Männer zu dem Ali-Clan gehörten, welche sich vor den Toren Berlins in diesem kleinen Einfamilienhaus, getroffen hatten. Der pensionierte Beamte hatte sich beim zweiten Treffen alle Autonummern aufgeschrieben. – Einmal Beamter - immer Beamter. So konnte man auch die Besitzer mit Adressen eruieren. Ob die Anmeldungen jedoch alle korrekt waren, wurde bezweifelt. Die

Limousinen der Geschäftsleute liefen über deren Geschäft und waren ordnungsgemäß angemeldet.

Jetzt wusste man zwar, wo vermutlich der Kopf der Bande saß. Es musste ihm aber auch bewiesen werden, hinter den Verbrechen zu stehen, denn die beiden Festgenommenen schwiegen.

Mit Interpol zusammen überprüfte das BKA alle Autozulassungen und Wohnorte. Dann wurde überprüft, wer wann wohin geflogen war. Eine regelrechte Datenflut kam zusammen. Ja sogar alle „Knöllchen" wurden zusammengetragen.

Im Juli gab es wieder eine Konferenz in Wiesbaden, zu der man Frau Wand, ihren Anwalt und Paul einbestellt hatte. Diesmal wurde sie von Paul abgeholt.

Sie hatte keine Ahnung, warum sie zu diesem Zeitpunkt eingeladen war. Sie war gerade dabei, die Geschichte endlich zu vergessen.

Interpol war vertreten durch fünf Mitarbeiter, und sogar einer vom FBI, der die Fälle in New York bearbeitet hatte, war da. Sie saßen in einem riesigen, klimatisierten Raum.

Der Chef des BKA ergriff das Wort, wies auf die Unterlagen hin, die jeder vor sich hatte; nur Frau Wand und Paul nicht. Er begrüßte überschwänglich die Herren von Interpol und vom FBI. Auch teilte er allen mit, dass man beim Bundesgerichtshof in Karlsruhe die Genehmigung zur Benutzung von Hessen Data beantragt habet. Hessen DATA (**Da**ten **A**nalyse **S**ystem) war eine Software, die in Amerika entwickelt wurde.

Eine Fa. Palantir hatte sie entwickelt, ein Datenüberwachungssystem der Superlative.

In Deutschland wurde die Benutzung Mitte Februar verboten – außer in Hessen. Sie musste überarbeitet werden, um dann wieder vom Verfassungsgericht geprüft zu werden.

Ein Herr von Interpol stand auf und sprach in verständlicher englischer Sprache, dass jetzt bekannt sei, wie weltweit dieser Clan operierte. Er erläuterte kurz die Zusammenhänge. „Man schätzt, dass dreihundert bis vierhundert Personen, zum Teil nur Helfershelfer, weltweit zu diesem Clan gehören. Sie fälschen Pässe und Gutachten, kaufen sich Richter und auch Polizisten, benehmen sich wie Monster und schweigen vor Gericht. Sie haben ihre eigenen Anwälte, sind meistens unanfechtbar vor Gericht, schüchtern die Zeugen ein. Wir haben sie schon lange im Visier, nur fehlen uns die eindeutigen Beweise, um sie dingfest zu machen. Es ist gut, dass wir jetzt Hoffnung auf Erfolg haben. Wir müssen allerdings sehr vorsichtig sein. Wir müssen allem und jedem misstrauen, dies ist hier oberstes Gebot.

Auch war der Schleifer in Indien gefunden, weil er scheinbar über Nacht zu einem gewissen Reichtum gekommen war. Zuerst erklärte der Schleifer mir, dass er beim Spalten und beim Schleifen immer unter Beobachtung stand. Seine Frau und seine sieben Kinder wurden im Nachbarraum ebenfalls bedroht. Aus dem 35-Karäter konnte er nur sechs der Baguette-Steine

116

fertigen, da der Stein beim Spalten in sehr viele Teile zerbrach. Die Einschlüsse waren sehr groß, und der Inder war ja auch kein Spezialist zum Spalten von so großen Steinen. Die Auftraggeber waren richtig sauer, dass der Schleifer schon um sein und die Leben seiner Familienmitglieder zitterte. Der Gangster telefonierte dann wohl mit seinem Chef, aber der Schleifer verstand die Sprache nicht. Beim 38-Karäter hatte er mehr Glück beim Spalten. Tatsächlich schaffte er es, 12 Baguette-Steine daraus zu schleifen. Andere, kleinere Steine gaben sie ihm zum Um schleifen. Nach vielen Stunden nahmen sie alle Steine - ebenfalls den Abfall - und fuhren in einer dunklen Limousine davon. Sie hatten sogar einen Chauffeur der im Auto zwei Tage wartete."

Der Mann, der in Indien ausfindig gemacht worden war, hatte sich bereiterklärt mitzuarbeiten, wenn man ihn nicht inhaftierte und er den Rest des Geldes für die Schulausbildung seiner Kinder behalten dürfte. Nach dem Zugeständnis identifizierte er seine Auftraggeber anhand von Fotos. Außerdem beschrieb er den Ermittlern die Täter. Es waren alles 30–40-jährige Männer, die man dem Clan zuordnen konnte."

Hier mussten sie achtgeben.

Der Interpol-Mann führt aus: „Die Angaben von einem Asiaten können wir nicht wirklich verwenden. Für sie sehen Europäer oder auch Araber alle gleich aus. Für uns sehen Asiaten ja auch alle gleich aus. Hier verlassen wir uns lieber auf Einreisedokumente. Nicht alle, aber drei Personen konnten wir den Verbrechen zurechnen. Die großen bekannten Steine identifizierte der Inder auch. Woher die Steine kamen, wusste er nicht. Er konnte nur sagen, dass immer zwei andere Männer mit den Steinen kamen und dass sie ihm nie eine Adresse, auch nicht in Indien, angaben. Er konnte uns wenigsten die Daten sagen. Dadurch war uns immerhin bekannt, an welchem Tag die Diamanten nach Indien transferiert wurden. Man schüchterte ihn ein. Es hieß immer nur: ‚Wir melden uns und keine krummen Touren sonst siehst deine Frau und deine Kinder nie mehr.' Anhand der Fotos, die man ihm vorlegte, konnten drei verschiedene Leute identifiziert werden. Von diesen Personen hielten sich zu dieser Zeit zwei in Indien auf. Insgesamt waren acht verschiedene Leute bei ihm, soweit er sich noch erinnern konnte.

„Wir haben außerdem alle Einreisenden per Flugzeug oder Schiff überprüft. Wer war zur Zeit des Diebstahls des 35-Karäters in NY in den in den USA? Das FBI wird noch einmal den Vorfall des Diebstahls bearbeiten und kann sich unserer Mithilfe sicher sein. Es ist wichtig, dass wir wissen, wer den 35-Karäter gestohlen hat. Solche Arbeiten überträgt man keinem Anfänger. Ebenfalls die wahrscheinliche Erpressung des 38-Karäters durch Entführung der Ehefrau muss noch einmal aufgearbeitet werden. Außerdem werden auch die Ein- und Ausreisen nach Australien und Indien kontrolliert. Wer die Steine dann gefasst hatte, haben wir noch nicht herausgefunden, aber wir vermuten,

118

dass dies gleich in Indien erledigt wurde. Wir sind aber noch dabei es zu prüfen."

Der Mann hielt kurz inne und sammelte sich. Dann setzte er seine Ausführungen fort: „Mit Hilfe der Liechtensteiner hatten wir die Kamera-Sequenzen des Banksafes überprüft, sind aber nicht weitergekommen. Es waren nur die Eigentümer am Safe. Einmal waren die Kameras ausgefallen. Wir vermuten, hier wurde manipuliert. Wir sind uns ziemlich sicher, dass es sich um das Zahlungsmittel nach einer Erpressung und/oder Entführung gehandelt hatte. Wir gehen allen Hinweisen nach. Z.B. Wurde die Besitzerfamilie seit dem Diebstahl aus der Bank in Lichtenstein in Lichtenstein und den USA permanent von der dort zuständigen Polizei überwacht."

Ein Redner vom BKA war jetzt an der Reihe: „Wir haben alle Fotos bundesweit den Opfern vorgelegt und konnten ebenfalls 13 Personen identifizieren."

Nun sprach wieder der Herr von Interpol: „Wir müssen darauf bestehen, dass Frau Wand uns den Ring aushändigt."

Sie widersprach sofort und da griff ihr Anwalt ein. Er fragte: „Wieso soll Frau Wand Ihnen den Ring aushändigen. Sie konnten doch anhand der Steine schon zu Ergebnissen gelangen. Er ist also nicht mehr fallrelevant!"

Darauf erwiderte der Mann: „Die Steine sind Diebesgut und somit gehört Frau Wand der Ring nicht. Auch müssen wir weiter überprüfen, ob die anderen Steine aus einem Raub stammen. Wir müssen sie im Spezial-Massenspektrometer untersuchen."

Daraufhin ihr Anwalt: „Frau Wand hat hier keinen 35- und auch keinen 38-Karäter gekauft. Dies wäre eindeutig Diebesgut. Sie war es ebenfalls, die es uns ermöglicht hat, dieser brutalen Diebesbande auf die Spur zu kommen. Sie war sogar so mutig, den Bandenmitgliedern eine Falle zu stellen. Dies alles muss Beachtung finden. Deshalb sind wir absolut der Meinung, dass sie die alleinige Eigentümerin dieses Ringes ist. Weltweit werden wir jedes Gericht mit der Prüfung dieses Sachverhaltes bemühen." Er räusperte sich. „Meine Mandantin wäre bereit, den Ring für eventuelle Untersuchungen bereitzustellen, aber nur wenn sie dabei anwesend sein kann. Sie besteht auch darauf, wenn die Steine aus der Fassung herausgenommen würden, dass der Ring in genau den gleichen filigranen Zustand zurückversetzt wird. Herr Paul wird ihr dabei zur Seite stehen."

Der Herr von Interpol stimmte nach längerem Zögern zu.

Erst jetzt kam der Mann vom FBI zum Zuge. Er übermittelte den Kenntnisstand über die wahrscheinliche Entführung der Dame in New York.

Die Dame hatte sich während einer Party zu Ehren ihres Mannes, einem Multimilliardär, im Beauty-Raum des Luxushotels an der 5th Avenue aufgehalten. Sie konnte nicht wegen ihres Schmuckes, den sie trug, entführt worden sein, da bekannt war, dass sie nur exzellente Kopien der Originale trug. Für jeden

120

normalen Bürger wären diese Kopien, die ebenfalls in Gold- oder Weißgold gefertigt waren, schon ein Vermögen wert. Die Steine waren alle aus brillant geschliffenem Glas. Sie ging also in diesen Beauty-Raum – und kam nicht mehr zurück. Dieser Raum, der Bestandteil der Toilettenanlage ist, ist nicht kameraüberwacht.

Nach intensiver Befragung aller Gäste mussten wir akzeptieren, dass es keine Zeugen gab. Auch irgendwelche Spuren wurden nicht gefunden. Obwohl es bei den 260 Gästen sehr schwer war, alle DNA-Spuren und Fingerabdrücke zu überprüfen, haben wir keinen Hinweis gefunden. Natürlich haben wir die Toilettenfrauen und alle Kellner, also das gesamte Personal überprüft. Alle Sicherheitsleute, Chauffeure, die Cateringfirma und Blumenlieferanten wurden alle erkennungsdienstlich genauestens überprüft. Alle sind Amerikaner und leben seit mehr als fünf Jahren oder länger in den USA. Wenn sie zu uns nach New York kommen, können sie gerne alle Daten überprüfen und auch die entführte Dame und ihren Mann befragen. Wir werden natürlich mit den neuen Erkenntnissen aus Wiesbaden und von Interpol den Fall noch einmal aufrollen. Wir brauchen nur etwas Zeit, alle Daten zu prüfen. Ich bin sehr froh, dass sie alle uns unterstützen, und freue mich auf die Zusammenarbeit."

Anschließend sprach noch einmal der Herr von Interpol. Er legte den Schlachtplan für die nächsten Wochen fest.

Folgendes sah der Plan vor:

1. Angaben aus Lichtenstein einholen, eventuell unter Mithilfe des BKA
2. nochmals Recherchen bezüglich der Autos und deren Besitzer – aktuelle Fotos der Besitzer
3. Interpol unter Mithilfe des FBI: Überwachungsdaten aller nach Amerika, Australien, Indien; alle Reisenden des Clans bzw. andere Verdächtige sollten erfasst werden
4. Untersuchung der Steine durch Interpol in der FBI-Zentrale in New York mit Massenspektrometer unter Teilnahme des BKA-Spezialisten, Frau Wand und Herr Paul
5. Suche nach dem Spezialisten, der die Steine gefasst hat in Zusammenarbeit mit Interpol Indien
6. weitere Überwachung des Hauses bei Berlin
7. weitere Überwachung von Frau Wand durch Herrn Paul und das BKA

Man wollte sich in zwei Monaten wieder treffen, aber dieses Mal in Lyon.

Nach fünf Tagen flog Frau Wand in Begleitung von Herrn Paul, der jetzt permanent bei ihr wohnte, und dem BKA-Spezialisten in einem eigenen Jet nach NY. Auf dem Weg zum Frankfurter Flughafen und auch am Flughafen waren sie unter ständiger Überwachung durch das BKA. Auch in NY wurden sie direkt am Flugzeug abgeholt und zum FBI gebracht. Zuerst wurden sie über den Diebstahl des 35-Karäters informiert.

Er wurde während einer Party in einem Luxushotel gestohlen. Die Dame, die ihn als Anhänger getragen hatten, war mit ihrem Ehemann mittels Privataufzug in das Penthouse des Hotels gefahren. Die beiden Bodyguards blieben an der Aufzugtür zurück. Sie waren just losgefahren, als eine Klappe in der Decke des Aufzugs aufging und zwei maskierte Personen auf sie herabfielen. Das Ehepaar wurde niederschlagen und der Diamantschmuck geraubt. Im Penthouse angekommen, wurde das Ehepaar von zwei weiteren Bodyguards gefunden. Diese informierten sofort das FBI und die Rettung. Bis man wusste, was geschehen war, waren die Täter auf und davon. Die Täterbeschreibungen waren sehr dürftig. Das Ehepaar wollte in dieser Sache auch nicht mehr belästigt werden. Die Ehefrau hatte einen schweren Schock und befand sich noch immer in psychischer Behandlung.

Nach diesem Informationsgespräch wollte man direkt mit den Untersuchungen an dem Ring anfangen. Die Angereisten waren hundemüde und verlangten nur noch nach einem Bett. Man hatte dafür Verständnis. So unauffällig wie möglich brachte man sie in ein Hotel. Das Einchecken war kein Problem. Jeder von ihnen hatte ein Doppelzimmer; Frau Wand mit Verbindungstür zu Pauls' Zimmer.
Paul meinte noch, bevor er in seinem Zimmer verschwand: „Ich lasse die Verbindungstür einen Spalt auf, damit ich alles mitbekomme."

Um 20 Uhr klopfte es: „Room Service", rief jemand vor der Tür.

Paul stand sofort bei Frau Wand auf der Matte. Sie hatte nichts bestellt. Sie öffnete die Tür, und Paul, der hinter der Tür stand, ergriff sofort den „Kellner".

Er überwältigte ihn und machte ihn dingfest, indem er ihm mit Kabelbindern Hände und Füße zusammenband. Danach riefen sie die Vertrauensperson beim FBI an. Der Beamte kam sofort in Begleitung von zwei weiteren Personen und klärte die Sachlage auf.

Der arme Gefesselte war ein echter Kellner, der den Auftrag hatte, als Willkommensgruß des FBI-Chefs eine Flasche Champagner vorbeizubringen.

Was sollten sie jetzt tun? Das FBI nahm den Kellner mit, und sie hatten mit dem Champagner eine besondere Einschlafhilfe.

Paul, der BKA-Mann und Frau Wand wollten am nächsten Morgen wie ganz normale Hotelgäste frühstücken – doch das FBI verbot es Ihnen. Also frühstückten sie in ihrem Zimmer zu dritt. Sie gaben ihre Bestellung auf, und ein FBI-Mann brachte ihnen das Frühstück. Kaffee, Bacon, Eier, Toast, Schinken, Käse, Pancakes etc.

Während ihres Frühstücks blieb der FBI-Mann wie eine Säule an der Tür stehen und schaute ihnen zu. Natürlich boten sie ihm etwas an, was er jedoch ablehnte. Nach dem opulenten Essen fuhren sie mit dem Aufzug in die Tiefgarage. Hier erwartete man sie

124

schon. Sie stiegen in ein gepanzertes Fahrzeug und fuhren zu diesem unscheinbaren Gebäude, das sie vom Vortag kannten. Die Fahrt dauerte etwa 20 Minuten. In der Tiefgarage stiegen sie aus. Man begleitete sie nach der Passage einiger verschiedener Sicherheitsschleusen in ein Labor. Ein großer Labortisch stand in der Mitte, auf dem Namensschilder drapiert waren. Außer ihnen waren noch ein Edelsteinspezialist und ein Chemiker vor Ort. Die Herren stellten sich vor und erklärten ihnen, für was sie zuständig wären.

An einer Wand stand ein riesiges Gerät. Der Chemiker erklärt ihnen sehr ausführlich das neueste Massenspektrometer, das einzige dieser Art auf der Welt.

Man bat Frau Wand um ihren Ring. Natürlich zog sie ihn vom Finger, aber was dann kam, tat ihr in der Seele weh. Mit einer Zange wurden die Krampen, in denen die Steine saßen, weggebogen und nach und nach fielen alle Baguette-Steine heraus —auf eine samtweiche, grüne Filzunterlage. Nun lag es da, das Gerippe von ihrem Ring — erbärmlich aussehend. Der Chemiker erklärte, sie hätten extra eine Vorrichtung für das Spezial-Spektrometer bauen lassen, um die Steine sorgfältig aufzunehmen. Da es verschiedene Arten von Spektrometer-Untersuchungen in der Gemmologie gab, hatte man für Diamanten ein spezielles Spektrometer entwickelt, welches es nur hier in dem FBI-Zentrallabor gab. Den Steinen würde nichts geschehen, sie würden praktisch nur durchleuchtet. So konnte man ihre Wachstumsstruktur und die

125

Einschlüsse besser auf den Fotos erkennen. Mehr durfte man ihnen nach ihren vielen Rückfragen leider nicht erklären. Man bestätigt ihnen nur noch einmal, dass diese sichere Untersuchungsmethode einzigartig auf der Welt sei und die Untersuchung von einem Stein mehr als 20 000 Dollar koste.

Paul meinte: „Eigentlich lohnt sich das ja bei dem Wert des Ringes nicht; aber es dient ja der Aufklärung von vielen Verbrechen."

Was sollte sie machen – sie hatte zugestimmt. Frau Wand fand das alles sehr interessant. Sie stellte viele Fragen zu den Untersuchungen. Erhielt aber wenige Antworten. Nach und nach wurden die Steine vorsichtig in das Spezial-Spektrometer geschickt. Die Fotos wurden direkt auf einen Computer übertragen. Auf den Fotos konnte man jetzt deutlich die Kristall-Strukturen erkennen.

Es dauerte länger als erwartet. Erst spät abends war alles fertig. Natürlich wollte man sie zwischendurch zum Essen in ein Restaurant führen, aber Frau Wand wollte lieber am Ort des Geschehens bleiben.

Die Steine konnten an diesem Tag nicht mehr gefasst werden, da man die Fotos noch abgleichen musste. Der Juwelier, der die Steine wieder setzen sollte, würde erst am nächsten Tag um 11 Uhr vor Ort sein. Frau Wand bestand darauf, ihre Schätze wieder bis zum nächsten Tag mitzunehmen, da sie wirklich zurzeit nur noch Paul vertraute. Man wollte sie davon abhalten, aber dies gelang niemanden. Sie packte die

Fassung und die Steine getrennt voneinander in Seidenpapier und dann in ein Säckchen und dieses Säckchen in ihre Umhängetasche.

Dann begleitete man sie alle durch verschiedene Gänge und Kontrollschleusen zurück in die Tiefgarage. Sie fuhren durch das beleuchtete New York, am Broadway vorbei zurück zum Hotel.

Im Zimmer meinte Paul: „Jetzt war ich schon mal in New York und sehe nichts davon."

Sie erwiderte ihm: „Ich war ja schon öfter hier, und ich könnte dir einiges davon zeigen." Das Beutelchen mit den Ringfragmenten stecke ich wieder in ihre Tasche. „Du bist ja bei mir und auch der Herr vom BKA, also kann mir und dem Ring nichts passieren."

Sie holten den Herrn vom BKA in ihr Zimmer. Natürlich war er anfänglich vehement dagegen. Aber sie konnte ihn überzeugen, dass es sich lohne, mit ihr durch NY zu streifen.

Eine viertel Stunde später waren sie auf der Straße. Ihr Hotel war unweit vom Empire State Building in der vierunddreißigsten Straße/zwanzig West. Es hatte einhundertzwei Stockwerke und war vom Boden zur Antennen-Spitze vierhundertdreiundvierzig Meter.

Sie fuhren mit den Aufzügen ganz nach oben, um das Lichtermeer zu genießen. Frau Wand war der Meinung, dass Big Apple von hier aus am schönsten sei. Die beiden Herren begeisterte der Ausblick auf die Nacht von New York. Anschließend schlenderten sie zum Broadway und nahmen ihr Essen bei einem speziellen Diner zu sich; hier brachten tanzende Musical-Stars, begleitet von Live-Musik, das Essen zum Tisch.

Nach dem unterhaltsamen Abendessen liefen sie gegen 23 Uhr vorbei am Rockefeller Center zur 5th Avenue. Unterwegs musste Paul noch einen Hotdog kaufen mit der Begründung: „Ich habe mir schon vor vielen Jahren versprochen, wenn ich einmal in NY bin, werde ich einen heißen Hund essen. Ich habe zwar keinen Hunger mehr, aber ich muss das jetzt tun und wenn mir schlecht wird." Er biss in den Hotdog, schüttelte sich und spuckte alles in einen in der Nähe stehenden Mülleimer: „Da kann ich auch Pappe essen", meinte er kurz. Sie sahen zwar schon ihr Hotel, aber Paul meinte, sie sollten doch noch einen Absacker trinken.

Im Plaza Oak-Room landeten sie, um ihren Absacker zu nehmen. Um 1 Uhr nachts kamen sie endlich im Hotel an, das eher nach einem Wohnhaus mit Concierge aussah. Ein FBI-Mann erwartete sie wütend: „Wo waren sie? Wir hatten uns Sorgen gemacht! Die gesamte New Yorker Polizei sucht sie. Wir hatten nicht erwartet, dass sie noch einmal das Hotel verlassen. Es ist gefährlich in NY!"

Da sie alle etwas angesäuselt waren, nahmen sie das nicht so wichtig.

„Wo ist der Ring?", fragte er Frau Wand.

Sie zeigte ihm lächelnd ihre Tasche und entgegnete: „Hier drin."

Der FBI-Mann schüttelte nur den Kopf, nahm sein Sprechfunkgerät und sprach in einem unverständlichen Englisch etwas hinein.

Dann fragte Paul: „Was wollten Sie denn noch von uns so spät abends?"

Die Antwort kam prompt: „Ein Clan-Mitglied wurde bei der Einreise gesichtet und wohnt zurzeit im Plaza. Er war dort für drei Tage gemeldet. Das bedeutet für uns alle höchste Achtsamkeit."

Sie sahen einander an und dachten wohl alle das Gleiche: War das Clan-Mitglied vielleicht auch im Plaza Oak-Room?

Am nächsten Morgen wurde sie durch ein dringendes, lautes Klopfen an der Tür geweckt. Nach dem ersten Klopfen stand schon Paul in ihrem Zimmer.

Man wartete auf sie alle drei in der Tiefgarage. Sie hatten alle verschlafen und mussten beschämt ohne Frühstück los. Paul nahm sie kurz zur Seite und bestätigte ihr, wie schön es doch am Abend gewesen sei. Jetzt habe er zumindest eine kleine Vorstellung von New York.

Schnurstraks fuhr man sie wieder in das unscheinbare Gebäude. Im Labor erwartete sie ein Juwelier, einer der berühmtesten Diamantenhändler in New York. Sie übergab ihm ihren Beutel, und er begann unter Tränen die Steine einzusetzen. „Entschuldigen Sie, wenn ich so emotional bin, aber ich hatte die große Ehre, die beiden großen Steine in der Hand zu halten,

129

und jetzt sind Sie für immer zerstört. Barbaren sind das, die so etwas tun."

Frau Wand konnte ihn verstehen. Da auch sie die Geschichte aller großen Edelsteine kannte.

Mit flinker Hand setzte der Juwelier und Edelsteinfachmann die Steine wieder ein, und ihr Ring sah aus wie immer. Sie streifte ihn gleich über den linken Ringfinger, als der Juwelier sie fragte: „Sie tragen ihn?"

„Ja, seit einem halben Jahr, seit ich ihn gekauft habe, bei allem, was ich tue." „Auch wenn es nur kleine Steine sind, so ist er doch sehr wertvoll, glauben Sie nicht, im Safe wäre er besser aufgehoben. Entschuldigung das war jetzt überheblich von mir."

„Sie müssen sich nicht entschuldigen, da ich sie schon richtig verstanden habe. Sie wollten mich nicht kränken. Ich hatte ihn für 800 Austr. Dollar gekauft, und so sehe ich ihn an. Er ist mein Traum-Ring, den ich tragen möchte."

Er entschuldigt sich noch einmal, obwohl er sehr verwundert war über so viel Liebe zu einem Schmuckstück. Anschließend verließ er den Raum. Zuvor lud er sie noch herzlich ein, ihn bei ihrem nächsten New York Aufenthalt in seinem Geschäft zu besuchen. Sein Geschäft lag im Diamond District, in der Nähe des Rockefeller Centers.

130

Da ihr Flugzeug nach Frankfurt erst spät am Abend vom Kennedy Airport aus ging, hatten sie also noch 5 Stunden Zeit für NY. Frau Wand fragte die zwei Männer, was sie denn am liebsten noch machen würden.

Beide sagten fast zeitgleich „Mit dem Feuerwehrauto durch NY fahren."

Und sie fügte hinzu: „Bis zum Central Park und dann werden wir in eine Kutsche umsteigen."

Sie erklärte das dem FBI-Mann und er sagte nur: „No problem."

Mit Polizeieskorte fuhren sie später am Flughafen direkt auf das Flugfeld. Der Herr, den sie nun schon länger kannten, begleitete sie. Auf dem Flugfeld kam Frau Wanda die Situation etwas ungewöhnlich vor.

Sie fragte, wo man sie hinbringe.

Als Antwort kam: „Oh sorry, Sie fliegen jetzt mit dem Privatjet des Multimillionärs und seiner Frau nach Florida. Wir hatten Sie dort als Spezialisten für Entführungen angekündigt und darum gebeten, dass man mit Ihnen noch einmal über die Entführung spricht. Wir erhofften, dass sich herauskristallisiert, dass ein Zusammenhang der Täterschaft zu unseren Fällen hergestellt werden kann. Sie dürfen jedoch kein Wort über den Ring und die Finger-Abschneider verlauten lassen. Diese Sache ist Top-Secret. Bitte halten Sie sich daran. Wir legen Wert darauf, dass Sie mit dem Entführungsopfer sprechen; vielleicht entdecken Sie einen Anhaltspunkt. Haben Sie mich verstanden?"

131

Obwohl es nicht in Ordnung war, über ihre Köpfe hinweg Entscheidungen zu treffen, sagten sie alle drei fast zeitgleich „Yes" – und schon waren sie an dem Jet. Nachdem sie eingestiegen waren, kam unverzüglich eine Stewardess. Sie fragte sie nach ihren Wünschen. Sie bestellten alle drei Champagner. Der Herr, der sie am Flugzeug begrüßte, war von Interpol USA. Er gesellte sich zu ihnen, trank jedoch einen Whisky.

Nach ca. 1,5 Stunden landeten sie in Fort Myers, Florida.
Eine Stretchlimousine holte sie auf dem Flugfeld ab, und in äußerst bequemer Fahrt fuhren sie los. Nach 25 Minuten erreichten Sie ihr Ziel. Die Villa war gebaut wie die früheren Südstaatenvillen. Außen umrahmten einige Säulen den Eingang. Innen war alles edel und pompös. Vom Eingang bis zum Empfangsflur begleite sie ein Butler. Hier empfingen sie freundlich die Besitzer. Ein Ehepaar um die 50 Jahre alt. Er im maßgeschneiderten Anzug, sie im Designer-Kostüm.

(Es war ja kein offizielles Verhör im üblichen Sinne.)

Sie baten sie in einen großzügigen Raum auf der linken Seite. Die Einrichtung war sehr prunkvoll, aber nicht angeberisch. Nachdem sie alle in üppigen Sitzmöbeln mit Blumenbezugsstoff versunken waren, bot man ihnen Getränke an.
Der Herr von Interpol sprach für sie: „Sie hatten im Flugzeug Champagner getrunken und würden

wahrscheinlich alle gerne das Gleiche trinken – und für mich bitte einen Whisky."

Dann eröffnete er das Gespräch mit den Worten: „Vielen Dank, dass Sie uns empfangen. Nach allem, was Ihnen, gnädige Frau, geschehen ist, kommen wir mit europäischen Spezialisten und reißen wieder die Wunden auf."

Die Dame des Hauses antwortete: „Sie müssen sich nicht entschuldigen. Mein Mann und ich sind doch erfreut und erleichtert, wenn man die Entführer findet. Auch wir hoffen, dass die Dame und die Herren aus Europa uns helfen können. Also bitte fragen sie mich, was sie möchten."

Als Erster fragte Paul in einwandfreiem Englisch: „Können Sie bitte schildern, was in dem Beautyraum bis zu Ihrer Freilassung geschehen ist. Jede Einzelheit kann wichtig sein. Was können Sie über die Täter sagen. Man teilte uns mit, dass es zwei Täter waren. Bitte überlegen Sie genau. Sie haben jetzt einigen Abstand und da kann in der Erinnerung einiges zurückkommen. Danke."

Die Dame erzählte bereitwillig. Zwischendurch musste sie immer wieder nach Luft schnappen. Kein Wunder bei dem, was sie hinter sich hatte. Man gab ihr alle Zeit der Welt.

„Ich war im Beautyraum und zog mir den Lippenstift nach. Ich war wohl so konzentriert, dass ich nicht im Spiegel sah, dass da ein Mann von hinten auf mich zukam. Er trug eine Maske und Handschuhe. Ich spürte etwas auf meiner Nase und meinem Mund. Ich wurde wach in einem Keller. Der Keller musste in Chinatown, Nähe Little Italy gewesen sein. Ich hatte dies am Geruch erkannt. Der Kellerraum hatte kein Fenster, auf dem Boden lag eine Matratze, und es standen zwei große Wasserflaschen daneben. An der Decke hing eine einfache Lampe, deren Lampenschirm nach unten weiß lackiert war. Ich hörte, wie zwei Personen sich vor der Tür unterhielten. Sie sprachen in einer Sprache, die ich nicht kenne. Einmal war wohl eine dritte Person da, welche mit starkem Akzent englisch sprach. Ich würde sagen er sprach Texas Slang. Aber nur ein paar Worte. Es hörte sich so an, als wollte der eine dem anderen oder den anderen etwas übersetzten. Keiner von denen sprach ein sauberes Englisch. Sie mussten mir, als ich ohne Bewusstsein war, den Schmuck abgenommen haben. Ich weiß nicht, wie lange ich im Keller war, als zwei Männer hereinkamen. Sie schnitten mir die Haare ab. Außerdem drehten sie ein Video von mir in dieser erbärmlichen Situation. Sie hatten Handschuhe an. Schwarze. Auch hatten sie Masken vor Mund und Nase. Es waren wohl Dreieckschals, die am Hinterkopf zusammengebunden waren. Alles, was sie trugen, war schwarz. Die Schuhe, die Socken, die Jeans, die Sweatshirts und ebenfalls die Dreiecktücher, die sie über Mund und Nase hatten. Das Basecap, ohne Emblem, war auch schwarz. Ich vermute, dass alle zwei Bärte hatten, so wie das Mund-Nase-Tuch nach vorne gebeult war. Einer hatte wohl einen langen Vollbart, da die Haare am unteren Rand des Dreieckstuches herausschauten.

134

Der andere hatte ein Basecap an. Ich glaube er hatte eine Glatze, da wirklich keine Haare zu sehen waren. Dieser war älter als der andere. Der mit der Glatze hatte braune, fast schwarze Augen. Der jüngere hatte blaue Augen."

An diesem Punkt der Erzählung fiel ihr der Ehemann ins Wort: „Darling das hast du noch nie erzählt. Ich glaube, Herr Paul hat recht, dass nach einiger Zeit die Erinnerung zurückkommt. Entschuldige, dass ich dich unterbrochen habe. Erzähl bitte weiter."

Und das tat sie: „Einige Zeit später, ich weiß nicht wann, kam ein anderer maskierter, total schwarz gekleideter Mann mit dem Glatzköpfigen und sagte mir auf sehr schlechtem Englisch, ich solle keine Angst haben, da mein Mann das Lösegeld zahle. Es würde noch ein paar Tage dauern. Sie brachten mir Kekse zum Essen und Wasser zum Trinken. Irgendwann kamen sie mit einem Lappen, den sie mir vor die Nase hielten. Ich wurde im Central Park wach, von wo aus ich dich, Darling, angerufen habe. Ich hatte überall am Körper blaue Flecke. Ich vermute, dass man mich wie einen Kartoffelsack irgendwo hineingeworfen hat, um mich transportieren. Ich muss wirklich noch einmal klar sagen, ich wurde nicht geschlagen oder gar sexuell missbraucht. Wenn Sie jetzt noch Fragen haben, ich stehe Ihnen nach dem Abendessen, zu dem wir Sie einladen, wieder zur Verfügung. Wenn Sie mir bitte alle in den Dining-Room folgen."

Während eines opulenten, schmackhaften Abendessens wurde nur über Belangloses gesprochen. Das Ehepaar interessierte sich sehr dafür, wo Frau Wand in Deutschland wohne, und ließ sich alles genau beschreiben.

Nach dem Abendessen war man zum Mokka in den Smoking-Room gegangen, der ein bisschen aussah wie der living-room auf der Ponderosa.

Herr Paul hatte noch eine Frage: „Sie haben uns alles so anschaulich geschildert, dass ich nur noch eine Frage habe: Da Sie eine feine Nase haben, sagen Sie mir bitte, ob Sie an den Männern einen Duft wahrnehmen konnten."

Sie antwortet: „Jetzt, wo sie es ansprechen, kann ich mich tatsächlich erinnern. Die zwei, die keine Glatze hatten, müssen Pomade auf ihren Haaren gehabt haben. Einer hatte wohl eine Duschseife oder Hautcreme mit Sandelholz. Der mit der Glatze duftete nach etwas Süßlichem, was mich an Weihnachtsplätzchen erinnerte. Mehr kann ich dazu nicht sagen."

Paul bedankte sich überschwänglich bei der Dame und meinte, es müsse sie sicher viel Kraft gekostet haben, das alles zu erzählen. Auch versprach er, alles zu tun, die Entführer dingfest zu machen. Da keiner mehr eine Frage hatte, ging das Wort an den Herrn von Interpol.

Dieser bedankte sich herzlich bei den Herrschaften für die freundliche Aufnahme und bat darum, sie alle nach NY zurückzufliegen.

136

Nachdem sie das Leben im Flugzeug in der ersten Klasse bei Champagner gefeiert hatten, waren sie endlich wieder zu Hause in Deutschland. Es war ja kein Urlaub gewesen, aber dennoch freute sich Frau Wand, mal wieder in New York gewesen zu sein. Sie fragt sich, ob es tatsächlich noch nötig sei, dass Paul sie bewachte. Auch die Leute vom BKA waren ihrer Ansicht nach nicht mehr nötig. Erstens war der Clan aufgeschreckt, und zweitens würden die doch annehmen, dass der Ring nicht mehr in ihrem Besitz war. Sie nahm sich vor, dies noch heute Abend mit Paul zu besprechen.

Sie fuhren zum Abendessen in das besondere Hotel-Restaurant nach Stromberg. Endlich konnte sie wieder ihr Steak mit Zwiebeln und Pilzen bestellen, so wie sie es mochte; durchgebraten. Auch in New York hatte das kein Restaurant so richtig hinbekommen. Sie wunderte sich schon, dass auch Paul das Gleiche bestellte. Die BKA-Beamten saßen einige Tische weiter und konnten endlich mal Spesen machen.

Da sie im Hotel und im Restaurant bekannt war, glaubte jeder, sie sei mit ihrem neuen Freund hier. Sie, eine 70-jährige, stark übergewichtige Frau und ein etwa 50-jähriger durchtrainierter, muskulöser Mann mit langen Zottelhaaren; so war halt Paul. Sie konnte ja niemanden erzählen, warum sie hier zusammen speisten. Mit den anderen brachte man sie nicht in Verbindung – sollte ja auch nicht sein. Natürlich sprach sie das Thema Überwachung an, und Paul

137

meinte, dass sie das vorher mit dem BKA und dem Rechtsanwalt abklären müssten.

Spät zu Hause ging sie schnell unter die Dusche. Nach ihr Paul. Sie konnte wieder in ihrem eigenen Bett schlafen. Paul musste wieder in ihrem Büro in das Gästebett.

Am nächsten Morgen war schon das Frühstück hergerichtet, als sie total müde aus dem Bett kroch. Der Kaffeeduft hatte sie geweckt. Sogar die Eier waren schon gekocht. Als Paul das Strahlen in ihrem Gesicht sah, meinte er: „Das kannst du öfter haben."

Sie tat so, als würde sie nicht verstehen, was er meinte. Ohne Kommentar begann sie zu frühstücken. Danach riefen sie zuerst den Anwalt an. Dieser war der Meinung, dass man zuerst noch einmal die Presse bemühen müsse, um klarzustellen, dass der Ring in der Asservaten-Kammer beim BKA Wiesbaden liege. Er würde sich darum kümmern und ihnen dann Bescheid geben. Die Observation ihrer Wohnung und ihr Schutz konnten noch nicht aufgehoben werden. Sie mussten sich bestimmt noch zwei bis drei Tage gedulden.

Sie waren jetzt für die draußen wie ein Paar. Sie nahm ihre Stunden mit ihrem Personaltrainer weiter, und Paul kaufte sich für 10 Tage ein Trainingsticket im gleichen Studio. Sie gingen zusammen einkaufen auf dem Wochenmarkt oder im Supermarkt. Er war ihr Schatten oder auch wie ihr Siamesischer Zwilling. Nichts änderte sich für Sie – nur, dass sie immer Paul an ihrer

Seite hatte und mit Abstand die zwei Beamten vom BKA.

Als nach drei Tagen die Order kam, dass sie nicht mehr beschütz werden müsse, geschah etwas Seltsames: Sie hatte sich an Paul gewöhnt. Sie harmonierten wirklich gut miteinander.

Paul ging es genauso, nur sprach er es aus: „Frau Wand, ich habe mich so an dich gewöhnt, ich will gar nicht mehr auszuziehen. Du bist einfach eine tolle Frau. Du bist so tapfer, gebildet, in vielen Dingen begabt und kochen können wir zusammen wie der beste Sternekoch. Warum soll ich jetzt weggehen? Außerdem mag ich dich, Frau Wand."

Nach einer längeren Schweigephase, meinte sie: „Jetzt haben wir den Salat. Mir geht es genauso. Aber du weißt schon, dass ich zwanzig Jahre älter bin als du?"

Er erwiderte kleinlaut: „Es sind nur 18 Jahre. Ich bin schon 52."

„Eigentlich macht das ja keinen Unterschied", sagte sie darauf, „ich bin stark übergewichtig, habe zwei Bäuche, eine große Hängebrust. Ich bin eigensinnig, auch ängstlich und neige zur Eifersucht. Ich fahre nicht mehr auf der Autobahn, obwohl ich in der Garage einen Sportwagen stehen habe. Zuweilen bin ich stur und höre nicht richtig zu. Ich bin extrem ängstlich um Menschen, die ich mag. Dann klammere ich. Ich rauche und trinke auch mal gerne einen über den Durst. Es gibt also viele Gründe für dich, mich nicht zu mögen."

„Das ganze Paket mag ich an dir. Genauso wie du bist, Frau Wand. Weißt du, die Frauen, denen ich so begegnet bin, können dir nicht das Wasser reichen", sagte er und nahm sie dabei in seine starken Arme.

Es galt als beschlossen, dass sie jetzt zeitweise einen Beschützer an ihrer Seite hatte. Er sollte auf alle Fälle weiter in seiner Wohnung in Wiesbaden leben – dort hatte er auch normalerweise seine Arbeit.

Die Wochen vergingen. Dann kam der Tag der nächsten Konferenz in Lyon, zu der sie wieder eingeladen wurden. Paul und Frau Wand wunderten sich sehr, da ja eigentlich alles geklärt war. Paul meinte, dass er noch nie dort gewesen sei und das wäre doch mal eine Abwechselung.

Das BKA holte sie beide in Ingelheim ab. Man brachte sie direkt am Flughafen zu einem kleinen Flugzeug – und schon flogen sie nach Lyon. Auch dort am Flughafen ging alles schnell. Direkt am Flugzeug wurden sie abgeholt und zum Hauptsitz von Interpol gebracht.

In einem großen Raum saßen wieder die gleichen Leute zusammen wie damals in Wiesbaden, bis auf drei Herren, die sie nicht kannten. Die wurden ihnen als Erstes vorgestellt. Es waren beide Interpolmitarbeiter aus Lichtenstein und Australien und ebenfalls der Chef von Interpol, welcher die Sitzung eröffnete und dann verschwand.

Der Herr von Interpol, der auch in Wiesbaden das Wort ergriffen hatte, sprach zuerst: „Wir haben ihre Täterliste erweitert um New York. In Anlage erhalten

140

sie die neue Liste. Sie ist auch dort auf dem Bildschirm zu sehen."

Er wies mit der Hand hinüber auf den Bildschirm, wo Folgendes zu lesen war:

1.Täter Hamburg/ München/Passing/Glauchau
>   Ca. 180 cm groß, 40 Jahre, Narbe auf der Stirn, schwarze Haare und langer Vollbart

2.Täter Flensburg/Trechtingshausen/Passau/Chemnitz/Passau/Passau/BAD Kreuznach
>   175 cm, 30-40 Jahre, Akne-Narben, gewellte, schwarze, ölige Haare

3. Täter Vorort v. Bremen/Karlsruhe/Bremen
>   Ca 30 Jahre, 180 cm, schwarze, gegelte Haare, getrimmter Vollbart

4.Täter Flensburg/Bayreuth/Zwickau
>   Ca 2 m, 30 Jahre, eierförmiger Kopf, schwarzer Bart und ölige Haare

5.Täter Rostock/Mannheim/Düsseldorf/Köln
>   Extrem schlank, 20-30 Jahre, 170-175 cm, kleine Tätowierung auf der linken Wange unter dem Auge, schwarze Haare und Bart

6.Täter Mainz/Ulm/Plauen/Mirow/**New York//Lichtenstein**
>   Ca. 30 Jahre, 180 cm, glatte, pomadige, schwarze Haare, schwarzer Bart, stechend hellblaue Augen

7.Täter   Odenwald/ Freiburg/Strahlsund/Ingelheim
>   Ca. 40 Jahre, 190 cm, schwarzer langer Vollbart, schwarze, pomadige Haare, eventuell gefärbt

8.Täter Nürnberg/Grimmen/**New York//Lichtenstein**

141

50 Jahre, 170 cm, Glatze, schwarzer Bart, sehr schlechtes deutsch

9.Täter Warnemünde/Markgrafenheide

50 Jahre, ca. 2 m, Glatze, schwarzer, mittellanger Vollbart

10.Täter Berlin/Berlin/Düsseldorf/Augsburg

40 Jahre, 190 cm Tätowierungen an allen Mittelgliedern der Finger, schwarze pomadige Haare, langer, dunkler Bart

11.Täter Leutkirch Bodensee

175 cm, ca. 40 Jahre, Tätowierungen an beiden Unterarmen, schwarzer Bart und Haare

12.Täter Hannover/Kempten im Allgäu/Singen /Tuttlingen/Ludwigsburg /Ludwigsburg/Wien/Graz

2 m groß, ca. 30 Jahre, schwarze Haare, schwarzer, mittellanger Bart, lange Nase

*13.Täter Leipzig/Taucha/Altenburg/Darmstadt/Ingelheim/**Indien-Steinfasser***

Ca. 40 Jahre, 190 cm, kurze, schwarze, ölige Haare, schwarzer, mittellanger Bart

14.Täter New York, Wohnsitz seit 6 Jahren in **USA/Dallas/Texas**

„Hier möchten wir noch erwähnen, damit es nicht in Vergessenheit gerät: Die Nummer sechs und die Nummer acht in Ihrer Liste hatten in der Zeit der Entführung ein Touristenvisa für die USA. Sie wohnten für sechs Wochen bei Bekannten New York/City-Island. Der dritte (auf der Liste Nummer vierzehn) hatte einen Texas-Slang in seiner Aussprache, den könnten wir nach Texas/San Antonio verorten. Dieser war zur

142

Zeit der Entführung in New York gewesen. Ebenfalls während ihres Aufenthaltes für die Steinuntersuchung war er in New York. Anscheinend ist er oben in der Clan-Hierarchie angesiedelt, da er jedes Mal im Plaza wohnte."

Er machte eine kurze Pause und sortierte die Unterlagen vor ihm.

Dann fuhr er fort: „Wir wissen ja alle, warum wir heute hier sind, und ich komme sofort zu den sieben Punkten, die wir vor zwei Monaten aufgestellt haben.

1. Die Angaben aus Lichtenstein sind angekommen und wir können heute feststellen, dass es sich tatsächlich um eine Entführung gehandelt hatte, und das Lösegeld war der Stein. Solange die Entführte noch in Gefahr war, sprach und behandelte man den Fall als Diebstahl.

2. Über die Autos, die rechtmäßig angemeldet waren, fanden wir die Namen der Clanmitglieder. Sie sind alle selbstständig als Gemüsehändler, Minimarkt, Gyros-Verkauf oder betreiben einen Barber Shop oder eine Shisha Bar.

3. Alle ihre Telefone sind abhörsicher. Natürlich versuchen wir diese zu knacken, aber das ist nicht einfach. Wir sind also noch dabei.

4. Interpol hat zusammen mit dem FBI und den Spezialeinheiten aus Indien und Australien alle Ein- und Ausreisen nach Amerika, Indien, Australien überprüft und festgestellt, dass manche Clanmitglieder rege gereist sind. Die

Flugstrecken mit den Einsatzorten müssen noch abgeglichen werden.

Die Daten finden sie im Protokoll

Die Untersuchung in New York mit dem Massenspektrometer hatte bestätigt, dass die Baguette-Steine tatsächlich, wie auch in Wiesbaden festgestellt wurde, fast alle aus den zwei großen gestohlenen Diamanten gefertigt sind. Einige wenige Steine, die sie in Wiesbaden als ‚afrikanischer Herkunft‘ ausgewiesen haben, sind zwar richtigerweise aus Afrika, aber wir vermuten, dass sie zu einem der gestohlenen Schmuckstücke in Dresden gehören. Wir haben schon bei der Berliner Regierung angefragt, ob wir nähere Informationen bekommen können.

5. Unweit des Schleifers in Indien wurde auch der Juwelier gefunden, der die Steine gesetzt hatte. Hier bedanken wir uns herzlich bei unseren indischen Mitarbeitern, die akribisch gesucht hatten und den Mann gefunden hatten. Er stand schon wegen anderer illegaler Delikte unter Beobachtung. Er konnte allerdings keine Angaben machen wie der Ring außer Landes gebracht wurde. Er hat jedoch einen Mann anhand der Fotos identifiziert. Es könnte Nummer 13 in der Täterliste sein.

6. Das Haus bei Berlin wurde bewacht, aber es tat sich dort nichts. Keine Besucher! Nichts!

7. Die Überwachung von Frau Wand wurde vor genau fünf Wochen eingestellt, nachdem die

Zeitungen verbreitet hatten, dass sich der Ring in der Asservatenkammer des BKA Wiesbaden befand.

8. Anhand der Festnahme der beiden Clanmitglieder in der Wohnung von Frau Wand wissen wir, dass sie Clanmitglieder sind, sich jedoch nicht untereinander mit richtigem Namen kennen – sie alle hießen Ali und wurden durchgezählt.

9. Auch war bekannt, dass alle Geschäfte in Kryptowährungen abgewickelt werden. Wie schwer das ist, hier zu Ergebnissen zu kommen, ist allen ja bekannt.

Der Interpol-Mann gab das Wort weiter an den FBI-Mann

Einen Täter könnten wir schon überführen. Die Indizien und Zeugenaussagen sprechen dafür. Zur Zeit der Entführung war Nummer vierzehn in NY. Er lebt in Texas, in der Stadt San Antonio. Er lieferte den 38-Karäter bei dem Schleifer in Indien ab. Die Flüge an die jeweiligen Orte verstärken unsere Indizien und Personenidentifikationen."

Der FBI-Mann sprach nach einer kurzen Pause weiter: „Der 35-Karäter wurde vom gleichen Mann gebracht. Er reiste sofort wieder ab, als drei weitere Personen kamen. Der Schleifer sprach von drei weiteren Personen plus Fahrer, die während des Schleifens noch kamen. Dann fuhren die ersten 3 mit ihrem Fahrer wieder weg. Einer bewachte ständig die Familie des

Schleifers im Nebenraum da dieser die Wohnung der Familie war.

Weiter sprach der Herr vom FBI: „Nachdem sich die Entführte, dank Herrn Paul, an Düfte erinnerte, haben wir diverse Pomaden und Parfüms gekauft und sie der entführten Dame in Florida übergeben. Da sie schon eigenständig in Parfümerien Diverses getestet hatte, wäre das nicht nötig gewesen. Sie fand für uns Folgendes heraus: Der süßliche Duft des Mannes mit Texas-Slang hat sie uns benamst. Der Sandelholzduft kann alles Mögliche sein. Bei den Pomaden ist es äußerst schwierig, das Richtige zu finden, da es zu Viele im Angebot gibt. Auch riechen die fast alle gleich. Aber einen entscheidenden Anhaltspunkt hatte sie uns doch gegeben. Der Texaner erstand immer im Duty-Free an den Flughäfen diesen süßlich riechenden Herrenduft, den uns die Entführte benannt hatte. Das Ehepaar meinte, wir sollten den Typen sofort verhaften. Doch wir verpflichteten das Ehepaar, die Füße stillzuhalten. Da der Typ zu einem Clan gehörte, wollte Interpol als auch das BKA und FBI den gesamten Clan festnehmen, da dieser für viele schwere Verbrechen weltweit verantwortlich war. Jede Indiskretion wäre fatal. Die Täter würden ihre Strafe schon bekommen."
Jetzt folgte der Herr vom BKA Wiesbaden: „Zu Punkt sieben habe ich Folgendes zu sagen: Der Clan-Chef hat vor vier Wochen nachts drei Reisetaschen in sein Auto gepackt und ist am frühen Morgen mit seiner Frau abgereist. Wir konnten zum Glück recht schnell

feststellen, dass er nur ein paar Ortschaften weiter ein Haus gemietet hatte, um dort einzuziehen. Eine unserer Mitarbeiterinnen und ein Mitarbeiter haben sich als Ehepaar ausgegeben und direkt gegenüber ein Haus gekauft und bezogen. Also läuft die Observation weiter. Zu Punkt Acht gibt es noch Folgendes zu sagen: Ich möchte kurz erwähnen, dass Frau Wand und Herr Paul seit der Überwachung ein Paar sind."

Es gab Beifall und man beglückwünschte die beiden, bevor man zum Essen fuhr. Dass das in Frankreich lange dauern konnte, war allgemein bekannt.

Nach dem Essen gab es ein kleines Besichtigungsprogramm, und dann wurden sie im Hotel abgeliefert. Da sie gediegen müde waren, war es von Vorteil, dass man für sie in einem tollen Hotel Einzelzimmer gebucht hatte – mit Verbindungstür.

Am nächsten Morgen wurden sie nach einem bescheidenen Frühstück, so wie es in Frankreich üblich war, abgeholt und wieder in die Zentrale gefahren.

Der Chef von Interpol winkte Paul zu sich. Er wollte ihn tatsächlich abwerben. Er war äußerst begeistert von den Gesprächen, die er mit der Entführten in den USA geführt hatte. Paul lehnte das überaus reizvolle und großzügige Angebot ab und vertröstete den Interpol-Chef auf später.

An diesem Tag wurde ein neuer Schlachtplan erarbeitet. Jeder hatte eine Ergebnisliste vor sich liegen. Alles wurde intensiv durchdiskutiert, und nach vier Stunden mit kleinen Häppchenpausen kam man zu folgendem Beschluss:

1. Alle Puzzle-Teile sollten von allen Beteiligten zusammengefügt werden. Jeder für sich sollte eine Strategie ausarbeiten, um diese in zwei Wochen in Wiesbaden vorzutragen.
2. Auch wenn einige Personen schon bekannt waren, wollte man erst bei dem nächsten Clan-Treffen zuschlagen und alle festnehmen, wenn die Beweise ausreichend sein würden. Weitere Vorschläge waren durchaus erwünscht.
3. Frau Wand, Herr Paul und der Rechtsanwalt müssten nicht mehr teilnehmen aus jetziger Sicht. Sie sollten jedoch auf Abruf stehen.

Der Interpol-Chef meint noch: „Ich fände es gut, wenn Herr Paul mit seiner ausgezeichneten Spürnase bei der nächsten Besprechung mit anwesend wäre."
Dieser Vorschlag wurde dem Protokoll hinzugefügt.
Anschließend richtete Paul sein Wort an die Runde. Die Übersetzerin hatte es schwer, seine Ausdrucksweise in hessischer Sprache zu übersetzen.
„Ich würde gerne von Ihnen wissen, von wie vielen aktiven Leuten Sie sprechen. Die 51 Überfälle dauerten ja nur vier Tage, bis auf den bei Frau Wand. So wie die Terminierung war, hat wohl jeder bis zu drei Überfälle am Tag geschafft. Wie viele und welche Personen der

148

in Europa verübten Überfälle wurden denn identifiziert? Sind die in den Unterlagen benannt, denn ich konnte die Namen nicht finden."

Der Herr von Interpol antwortete: „Wir halten noch Informationen zurück, da wir ja immer befürchten müssen, dass wir einen Maulwurf haben. Nicht dass die Welt voll davon ist, nein, aber die Truppe scheut nicht vor Entführungen zurück – und so schützen wir sie alle."

Dies leuchtete allen ein, und die Sitzung wurde beendet.

Nach einer weiteren kleinen Besichtigungstour durch Lyon mit einer Weinprobe wollte man sie zum Flugplatz bringen. Diesmal wurde der BKA-Beamte alleine transportiert – warum wusste keiner.

Unvermittelt geschah es in einem Vorort von Lyon: Frau Wand schrie laut „Stopp".

Der Beamte, der das Steuer in der Hand hatte, machte eine Vollbremsung, und der zweite Beamte fragte Frau Wand, was passiert sei. Sie erzählte ihm in gutem Französisch, dass man ihr drei Jahre zuvor in Cannes die Uhr in einem Straßen-Eis-Café gestohlen und sie die Visage des Diebes gerade vor dem Bistro gesehen habe. Sie war sich sehr sicher, denn so ein Gesicht würde sie auch nach hundert Jahren nicht vergessen. Beide Polizisten sprachen schnell und hektisch miteinander. Wie Frau Wand und Paul im Nachhinein erfuhren, überlegten Sie, was zu tun sei: aktiv werden oder die Zentrale anrufen. Es war der Mann, welcher in der Mitte des Bistro-Außenbereichs saß. Nach dem Motto „Gefahr in Verzug" wollte man sofort reagieren.

Die beiden zivil gekleideten Beamten fuhren mit Paul und Frau Wand zurück bis auf die Höhe des Bistros', stiegen aus dem Auto aus und setzten sich wie normale Gäste in das Bistro.

„Das fällt doch auf, wenn die alleine gehen", meinte Paul und so taten sie es ihnen gleich und setzten sich in den entgegengesetzten Teil des Außenbereichs an einem Tisch auf Beobachtungsposten.

Der Kellner, der auch wohl Wirt war, freute sich über so viele Gäste. Alle gaben ihre Bestellungen auf. Es dauerte nicht lange, da kam ein Mann und setzte sich zu dem „Dieb" an den Tisch. Sie unterhielten sich angeregt gestikulierend; aber man konnte nichts verstehen, da sie sehr leise sprachen. Der vermeintliche Dieb zog zur Hälfte eine Plastiktüte aus seiner Tasche und ließ den anderen Mann hineinschauen. Da der Dieb dem Kellner zum Bezahlen winkte, schritten die beiden Beamten ein. Sie gingen zu dem Tisch, fragten nicht lang und nahmen die Tasche mit dem Beutel an sich. Sie sahen hinein. Beide Männer konnte man festnehmen, bevor sie fliehen konnten. Es ging alles sehr schnell, und gesprochen wurde auch nicht viel.

Für Frau Wand und Paul war der Heimflug für diesen Tag gestrichen. Sie mussten vor Ort im Bistro warten, bis sie abgeholt wurden, da ja das Flughafen-Auto zu klein war für sechs Personen.

150

Sie wurden abgeholt, landeten jedoch auf einer ganz normalen Polizeistation. Hier hatte man den Beutelinhalt schon auf einem Tisch ausgebreitet. Es glitzerte wie in einem Wasserbecken, das von der Sonne bestrahlt wird. Diamanten über Diamanten in Gold oder Weißgold gefasst – und dazwischen lag ihre geliebte, goldene RADO-Uhr. Daneben noch etwas Geld.

Da man Interpol sofort informierte, kamen der Chef und ein weiterer Angestellter. Lachend standen sie vor den Deutschen. „Sie haben uns geholfen, einen Einbrecher und einen Hehler zu fassen. Das war für uns ein Doppelpack als Nebenprodukt. Sie sollten noch länger bei uns bleiben, da wir ja auch noch ungelöste Fälle haben. Jetzt Spaß beiseite. Wir freuen uns so, dass wir endlich die vielen Einbrüche der letzten fünf Jahre an der Côte d'Azur klären konnten – mit Ihrer Hilfe. Sie werden natürlich weiter unsere Gäste sein. Ihre Uhr konnte sie leider noch nicht mitnehmen. Man wollte dafür sorgen, dass diese bis zu ihrer Abreise freigegeben wird. Der Schmuck, den man erbeutet hatte, war Millionen wert. Es wird die Versicherungen freuen, dass er wieder da ist. So konnten sie die eventuell gezahlten Versicherungssummen zurückverlangen."

Der Dieb hatte über Jahre den Schmuck gesammelt und wollte warten, bis Gras über die Sache gewachsen war. Das erbeutete Geld hatte er über die Jahre ausgegeben, und mit dem Erlös des Schmuckes wollte er sich in der Normandie zur Ruhe setzen. Nur mit dem phänomenalen Gedächtnis von Frau Wand hatte er nicht gerechnet.

Man brachte sie jetzt ins Hotel und sie konnten machen, was sie wollten. Die Ermittler hatten ja ihre Telefonnummern. „Ich denke in drei Tagen werden wir sie wieder zurückfliegen", sagte der Interpol-Chef abschließend.

Paul meinte dann nur noch zu Frau Wand: „Mit dir erlebt man ja die tollsten Sachen. Aber jetzt ist Urlaub auf Staatskosten angesagt."

Frau Wand und Paul mieteten sich ein Auto und erkundeten die Gegend rund um Lyon.

Paul war zwei Wochen später auf der nächsten Sitzung beim BKA. Natürlich würde er Frau Wand erzählen, was man dort zu besprechen hatte. Sie war ja lange genug involviert.

Der Herr vom BKA begrüßte alle herzlich und kam gleich zur Sache. „Wir möchten Ihnen mitteilen, dass sich keine weiteren Fälle mehr aufgetan haben. Auch hatten wir festgestellt, dass die Finger immer mit einem Teppichmesser abgeschnitten wurden. Unsere Zeugen hatten zwar öfter etwas anderes behauptet, aber durch kriminaltechnische Untersuchungen konnten wir dies eindeutig nachweisen."

Top1 war ja gewesen: Alle Puzzle-Teile sollten von allen Beteiligten zusammengefügt werden. Jeder für sich sollte eine Strategie ausarbeiten und vorlegen. Zu welchen Ergebnissen war man gekommen?

Interpol USA: „Wir konnten die abhörsicheren Handys knacken und können mit ziemlicher Sicherheit sagen, dass es sich um diesen Clan in Berlin handelt. Auch wissen wir, dass der Clan-Chef den Befehl ausgab, diesen Ring zu finden. Jeder potenziellen Täterin sollte der Ringfinger der linken Hand abgeschnitten werden. Hier hatte der Clan-Chef die Käuferin zur Täterin, also Frau Wand, degradiert."

Interpol Australien: „Wir hatten herausgefunden, dass diverse Männer dieses Familienclans zwischen sieben und zehn Jahren als Australier in Sydney und Melbourne leben. Acht von diesen waren öfter zwischen New York- Australien und Indien hin- und hergeflogen. Manchmal wurde die Reise als Familienbesuch oder als touristische Reise getarnt."

Interpol Indien: „Wir hatten alle Einreisen nach Indien überprüft. Alle Personen, die zum Clan gehören, wurden abgeglichen mit den Einreisen. Sechs Personen konnten von uns anhand ihrer Fotos und Beschreibungen identifiziert werden. Es handelte sich um folgende Personen aus Ihrer Liste — immer vorausgesetzt, diese auf Zeugenaussagen basierende Liste ist korrekt: Wir haben die Nummern elf, acht, eins, drei, dreizehn und zwölf erkannt.

Wir müssen die acht Eingereisten aus Australien noch überprüfen."

Interpol New York hatte festgestellt, dass drei (Nummer elf, acht, dreizehn) davon sowohl einen deutschen als auch einen australischen Pass besaßen. Ob es Fälschungen waren, konnten sie noch nicht mit Sicherheit sagen.

Der andere Tagesordnungspunkt: Auch wenn einige Personen schon bekannt waren, wollte man erst bei dem nächsten Clan-Treffen zuschlagen und alle festnehmen, wenn die Beweise ausreichend sein würden.

Der Mitarbeiter von Interpol Lyon sagte hierzu: „Da wir noch nicht das gesamte Puzzle zusammen haben, müssen wir noch etwas mit den Verhaftungen warten. Auch soll der Zugriff weltübergreifend stattfinden. Wir wollen doch alle haben. Ich vermute, dass noch viel mehr Verbrechen auf das Konto des Clans gehen. Aber dies ist ein anderes Thema. Auch konnten wir den Geldfluss der Kryptowährungen noch nicht freilegen. Das dauert und erfordert ‚allwissende' Spezialisten. Wir sollten unser nächstes Meeting in drei Wochen in Lyon abhalten. Paul mit seiner Frau Wand möchte ich bitte auch dabeihaben. Sollen wir das so beschließen?"

Da keiner dagegen war, galt es als beschlossen.

Wiederum zwei Wochen später flogen sie alle nochmals nach Lyon. Man kannte sich mittlerweile schon sehr gut.

Herzlich wurden sie wieder vom Chef begrüßt, der danach wieder verschwand.

Die Bezugsperson der Interpol-Zentrale sagte: „Ich glaube, heute können wir doch noch einige Puzzle-Teile zusammenfügen. Ich fange mal gleich an. In den USA, wozu der Kollege vom FBI noch mehr sagen

154

kann, hatten wir wohl den zweiten Mann, der bei der Entführung dabei war, festgestellt. Er lebte in Chicago, ist auch US-Bürger seit siebzehn Jahren, praktisch seit seiner Geburt. Er ist klein und schmächtig, war zu der Zeit in New York. Er hat nicht wie sein Patron im Plaza gewohnt, sondern bei Verwandten am East-River."

Just in diesem Moment wurde er in seiner Rede unterbrochen. Ein Mann kam herein, der ihm etwas zuflüsterte. Als dieser den Raum verlassen hatte, führte er aus: „Meine Dame, meine Herren, es ist so weit. Anscheinend ist wieder ein großes Treffen bei Berlin anberaumt. Wir stellten fest, dass aus den USA und einigen anderen Ländern sich Clan-Mitglieder auf den Weg nach Berlin gemacht haben. Wir sollten also sofort handeln. Bitte rufen Sie Ihre Kontaktleute an, dass sie sich in Berlin bereithalten sollen. Auch wir alle fliegen sofort nach Berlin. Wichtige Dinge können wir auch während des Fluges austauschen."

Nur eine Stunde später saßen sie alle in einem Flugzeug Richtung Berlin.

Dort angekommen, fuhren sie vom Rollfeld aus in einem Polizeibus in eine Räumlichkeit von Interpol. Hier herrschte hektischer Betrieb. Viele Leute liefen schon herum. Teils trugen sie schusssichere Westen. Man erwartete die Ankömmlinge aus den USA.

Paul und Frau Wand sagte man, dass sie bitte hier im Raum bleiben sollten. Die Herren von Interpol, BKA und FBI gingen in einen Nebenraum, in dem sich

155

schon etwa zwanzig Leute aus diversen Ländern befanden.

Nach einer Stunde kamen alle heraus. Der Herr vom BKA sagte mit kurzen Worten: „Lagebesprechung, der Einsatz erfolgt in einer Stunde und zwanzig Minuten in dem kleinen Dorf bei Berlin."

Ruckzuck war Ruhe in dem großen Raum (fast eine Halle) und alle hörten sich an, was der Herr vom BKA sagte: „Heute ist, so wie es aussieht, großes Treffen des Clans. Aus siebzehn verschiedenen Ländern sind die Mitglieder angereist. Da wird die Bude voll sein. Nur ich gebe das Kommando zum Zugriff und kein anderer. Jeder erfährt jetzt von seinem Kommandanten der Einsatzeinheit, für was er zuständig ist. Halten Sie sich bitte genau an unsere Vorgaben. In dreißig Minuten besteigen wir unsere Fahrzeuge. Danke!"

Paul und Wanda trauten sich nicht, irgendein Wort zu sprechen. Es ging sehr ernsthaft zu.

Jeder Befehlshaber ging jetzt zu seinen Leuten. Er besprach mit ihnen den Einsatz. Pünktlich eine halbe Stunde später verließen alle die Räumlichkeit. Paul, Wanda und ihnen fremde Leute von Interpol blieben zurück.

Nach etwa zwei Stunden erfuhren Wanda und Paul, dass der Zugriff gelungen war. Es wäre eine Jahrhundertfestnahme gewesen, sagten die Einsatzleiter.

Drei Stunden darauf kamen alle vom Einsatz zurück. Sie hatten jedoch eine zierliche, kleine Frau mit langen, braunen Haaren dabei.

156

Der Interpol-Mann aus Lyon ergriff das Wort: „Der Zugriff war erfolgreich. Alle Mitglieder sind auf Gefängnisse verteilt beziehungsweise werden schon in die USA ausgeflogen. Jeder kommt in das Land, dessen Staatsbürger er ist, um dort der Gerichtsbarkeit zugeführt zu werden. Die Dame hier ist die unterdrückte Frau des Clan-Chefs. Sie wird uns freiwillig nach einer Mahlzeit Rede und Antwort stehen. Wie ich gehört habe, ist im Nebenraum ein Buffet aufgebaut. Der Besprechungskreis trifft sich wieder in einer Stunde im gleichen Raum wie heute Vormittag. Allen guten Appetit."

Paul meinte nur: „Das kann ja dauern. Lass uns essen gehen. Ich habe Hunger."

Nach dem Essen zogen sich die Herren aus verschiedenen Ländern und Organisationen mit der Ehefrau des Clan-Chefs zurück. Sogar Paul wurde dazu gebeten. Der Mann von Interpol Lyon sagte nur Folgendes: „Erzählen Sie uns bitte, was Sie uns erzählen möchten."

Die Frau begann zu sprechen: „Endlich muss ich kein Kopftuch mehr tragen. Entschuldigung, dies gehört nicht zur Sache, aber mir war danach. Ich fange mit meiner Familiengeschichte an."

Sie holte Luft und sprach dann in einem erstaunlich ruhigen, gleichmäßigen Tonfall: „Meine Großeltern hatten einen Brennmittelhandel, damals sagte man Kohlenhandel, mitten im jetzigen Berlin. Als die Stadt expandierte, verkaufte mein Vater einen Großteil des

157

Geländes. Meine Eltern behielten ein Grundstück und bauten darauf ein Mehrfamilienhaus mit fünf Stockwerken. Im Erdgeschoss bauten sie einen Lebensmittelladen, den sie auch betrieben. Kurz nach meinem siebzehnten Geburtstag verkauften sie für wenig Geld das komplette Haus, warum weiß ich bis heute noch nicht, an meinen späteren Mann Ali. Sie zwangen mich sogar, den viel älteren Mann zu heiraten. Bis zu ihrem Lebensende arbeiteten meine Eltern in dem Laden. Alles, was sie taten, wurde von Ali kontrolliert. Für mich ist dieser Typ ein Verbrecher – das war er von Anfang an. Ich weiß nicht, mit was er meine Eltern unter Druck gesetzt hatte. Sie hatten ein Verhalten an den Tag gelegt, das ich von ihnen nicht gekannt hatte. Ich hatte mich also bis heute gefügt. Ich konvertierte sogar zum Islam. Nicht aus Überzeugung, sondern der Einfachheit halber. Ich spielte also über Jahrzehnte die gute Ehefrau. Ich gebar ihm zwei Kinder unter den Bedingungen, dass nie Waffen im Haus sein sollten und die Kinder in einem Schweizer Internat aufwachsen müssten. Ich dachte jeden Tag an den Tag meiner Befreiung. Der Tag war nun heute gekommen. Ja man kann es auch Tag der Rache benennen. Da ich bei allen Treffen an dem Türspalt mithörte, kann ich ihnen vieles erzählen. Der Typ hatte mich in nichts eingeweiht. Ich werde also gerne Ihre Wissenslücken schließen. Es gibt für mich keinen Grund mehr, mich zurückzuhalten. Da es ein sehr großer Clan ist, bitte ich sie nur, mir Schutz zu gewähren. Also fragen Sie mich, was Sie möchten."

158

Der Herr von Interpol sprach jetzt in die Runde: „Die Befragung wird länger dauern. Was halten Sie davon, wenn wir die Dame mit nach Lyon nehmen. Ebenso bitte ich die Herren vom BKA und vom FBI dazu. Von Fall zu Fall werden wir länderspezifisch die Verantwortlichen dazu laden."

Es gab keine Abstimmung, denn der tosende Beifall sagte genug aus.

Spät am Abend ging es zurück nach Lyon. Wanda, Paul und die Ehefrau von Ali wurden ins Hotel gebracht. Es war das gleiche Hotel — mit einem entscheidenden Unterschied: Vor der Tür der Ehefrau standen zwei Polizisten.

Am nächsten Tag stand es in der Zeitung. Es war natürlich in allen Nachrichten im Fernsehen die wichtigste Nachricht des Tages.

Die *Clan-Zusammenkunft in der ländlichen Idylle*. 54 Mitglieder hopsgenommen. Sie hatten sich zu sicher gefühlt und waren der Meinung, dass genug Gras über ihre Schandtaten gewachsen sei. Es war anzunehmen, dass wieder neue Pläne besprochen werden sollten.

Zurück in Ingelheim am nächsten Tag sagte Frau Wand zu Paul: „Erst jetzt kann ich richtig befreit aufatmen."

Paul antwortete: „Ich auch. Ich hatte mir viele Sorgen um dich gemacht. Ich hoffe, du hast es nicht bemerkt."

Frau Wand entgegnet: „Danke dir, du hast dich gut verstellt."

Wiederum vier Wochen später kam ein Anruf vom BKA-Mitarbeiter, der sich in Lyon aufgehalten hatte. Er berichtete: „Alle Finger-Abschneider sind überführt. Alles ist gerichtsfest. In den USA sind die zwei US-Bürger wegen der Entführung schon verurteilt. Der Junge zu lebenslänglich und der andere aus Texas wurde zum Tode verurteilt. Auch konnten mit Hilfe der Frau viele weitere Missetaten aufgeklärt werden. Man konnte in der kurzen Zeit noch nicht alles klären. Fest steht nur jetzt schon, dass Alis' Frau in das Zeugenschutzprogramm aufgenommen wird." Er nannte ebenfalls den Grund, wieso der Clan-Chef unbedingt diesen Ring haben wollte. ER sollte ein besonderes Geschenk für seine Frau zur Silberhochzeit sein.

Aber ER gehörte jetzt Frau Wand ganz alleine!

160

Weitere Titel des Autors

Typisch Thekla. Die Abenteuer einer sprechenden Schlange. ISBN 978-3-7407-6905-5

Ein Australienbesuch bringt der Familie Saufhaus ein ganz besonderes Haustier ein: eine sprechende Schlange namens Thekla; frech, neugierig und verfressen, aber ansonsten harmlos und sehr lernbegierig. Das wirbelt den Alltag der Familie ganz gehörig durcheinander, zumal es Thekla gelingt, unentdeckt nach Deutschland zu reisen.

Typisch Thekla. Theklas Abenteuer in Japan. ISBN 978-3-7407-6897-3

Kaum hat sich Thekla, die freche, sprechende Schlange, bei ihrer neuen Familie in Deutschland eingelebt, da lockt schon das ferne Japan mit einer abenteuerlichen Reise. Ein faszinierendes Land mit toller Landschaft und einer ganz eigenen Kultur. Thekla entdeckt Japan auf ihre ganz eigene Weise und lässt, extrem neugierig und überhaupt nicht zurückhaltend, kein einziges Fettnäpfchen aus. .

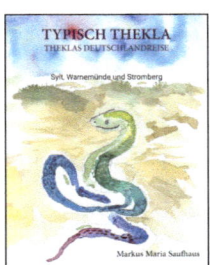

Typisch Thekla. Theklas Deutschlandreise. ISBN 978-3-7562-0305-5

Thekla, der frechen, sprechenden Schlange gefällt es nicht nur in Japan, sie erlebt mit ihrer "Familie", Maria und Bernd, in "Theklas Deutschlandreise" auch Aufregendes an der Nord- und Ostsee und mischt anschließend ein bisschen ein Luxushotel im Hunsrück auf.